No Silêncio das Nuvens

No Silêncio das Nuvens

EDLA VAN STEEN

São Paulo
2001

global
EDITORA

Diretor Editorial
JEFFERSON L. ALVES

Assistente Editorial
ROSALINA SIQUEIRA

Gerente de Produção
FLÁVIO SAMUEL

Revisão
RITA DE CÁSSIA M. LOPES
MARIA APARECIDA SALMERON

Capa
TEMPO DESIGN

Editoração Eletrônica
ANTONIO SILVIO LOPES

Dados Internacionais de Catalogação na Publicação (CIP)
(Câmara Brasileira do Livro, SP, Brasil)

Steen, Edla van
No silêncio das nuvens / Edla van Steen. – São Paulo : Global, 2001.

ISBN 85-260-0701-7

1. Contos brasileiros I. Título.

01-1891 CDD–869.935

Índices para catálogo sistemático:

1. Contos : Século 20 : Literatura brasileira 869.935
2. Século 20 : Contos : Literatura brasileira 869.935

GLOBAL EDITORA E DISTRIBUIDORA LTDA.
Rua Pirapitingüi, 111 – Liberdade
CEP 01508-020 – São Paulo – SP
Tel.: (11) 3277-7999 – Fax: (11) 3277-8141
E.mail: global@dialdata.com.br

Nº DE CATÁLOGO: **2253**

In memoriam
Ary Guerra de Murat Quintella

As coisas. Que tristes são as coisas, consideradas sem ênfase.
Carlos Drummond de Andrade

Agradecimentos a
Esdras do Nascimento,
pela inteligente leitura

Índice

Prefácio

PARCERIA FELIZ

Há quanto tempo, hein? Bom, tudo começou com o AI5. Isso não quer dizer que os generais tivessem qualquer coisa a ver com o fato de Edla e eu nos conhecermos, mas a verdade é que nosso primeiro encontro foi no fim de 1968. Ela, escritora no início da carreira, eu, *fulbrightista* deslumbrado e amedrontado enquanto se desenrolava perante meus olhos uma bela paisagem cultural e a ditadura militar atemorizante. Os primeiros escritos de Edla faziam parte dessa paisagem; mais tarde eu descobriria que ela ajudava as vítimas foragidas dos generais, escondendoas em sua casa (e o próprio presidente Fernando Henrique fora abrigado no apartamento de Edla, mas essa história é para ser contada em outra ocasião). Edla me deu outro tipo de asilo, tornando-se minha guia cultural, apresentando-me a vários artistas brasileiros numa época em que os americanos radicados no Brasil eram vistos – e não sem razão – com receio. Os anos passaram, a ditadura acabou, o prestígio de Edla como escritora foi aumentando, eu me acomodei na vida de professor e crítico literário, e nós dois continuamos bons amigos, irmãos, na realidade. Um belo dia, Edla sugeriu que eu traduzisse um dos seus contos, só para ver como ficaria. O conto foi "As Desventuras do João", e nosso projeto deu certo, pois a tradução foi logo publicada. Seguiram-se outras parcerias: dois romances e dois livros de contos. Posso dizer, portanto, que agora a ficção de Edla van Steen faz parte da minha paisagem interior, minha galeria interna, onde posso, quando estou com vontade, visitar suas estórias e seu elenco de personagens fantásticas. E você, caro leitor, quer passear comigo pela galeria na visita que vou fazer agora? Então, vamos lá.

A galeria é por aqui. Está vendo aquela primeira vitrine? Ali estão exibindo o segundo romance de Edla, *Corações Mordidos*, de 1983. O engraçado é que depois de terminarmos a tradução não conseguíamos achar o título certo em inglês. Ensaiamos uma coisa mais ou menos literal – *bitten hearts* – e o quase literal com uma dose de trocadilho – *heart bites*. Mandamos o manuscrito a uma editora que respondeu, "Ms. van Steen, o tradutor da senhora é um analfabeto!" Por fim, optamos por um título que descreve o cenário: *Village of the Ghost Bells* (Aldeia dos Sinos Fantasmas), publicado em 1991, o tradutor tendo superado a fase analfabeta. Agora, repare bem ali na vitrine. Está vendo essa mulher olhando pela janela da casa? Ela é Greta, a protagonista, escritora. Mora com outra mulher chamada Tina. E vive cercada de um elenco fascinante: uma mulher que compra sonhos, outra que insiste em morar numa casa que está sendo demolida, dois irmãos gaúchos que vivem como marido e mulher, um homem *gay* que dirige um orfanato (a personagem mais feminina do romance), um pintor corrupto que participa na destruição da Aldeia dos Sinos. O pintor é uma das personagens que mais prenderam minha atenção em muitos anos de lidar com ficção. Tanto talento desperdiçado pela cobiça e pela inveja. A grande surpresa do romance é que aos poucos o leitor vai percebendo que todas essas personagens são apenas projeções ou personagens de Greta, pois ela é uma espécie de narradora não declarada, e quando fica evidente que a Aldeia vai falir, ela bota fogo em sua criação para encerrar a intriga. Psit. Antes de se despedir da Aldeia, olhe mais uma vez aquele pintor. Posso lhe contar um segredo? Prometa que não vai contar para a Edla. Acontece que tradutor fica sabendo de certas coisas que, digamos, deixam de aparecer em praça pública. Uma delas é que nem todas essas personagens são fantasmas. Esse tal de pintor corrupto existe na realidade. Só que não é pintor. É... ah, não, estou ficando com remorso. Não posso contar. Vamos para a próxima vitrine.

Nessa segunda vitrine você está vendo dois livros de contos de Edla: *Antes do Amanhecer*, de 1977, e *Até Sempre*, de 1985. Resolvemos, para nosso próximo projeto a quatro mãos fazer uma seleção de contos tirados das duas antologias reunida em um livro só. Mas, pensando nos problemas que tivemos com *Corações Mordidos*, com que título? Os termos comuns – antologia, coleção – pareciam-nos inexpressivos. Hum. Que tal *A Bag of*

Stories (Uma Sacola de Histórias)? Ótimo, vamos nessa. E deu certo: o livro foi publicado. De novo, mais um elenco inesquecível de personagens. Lavínia, protagonista/narradora do conto epistolar "Um Ponto", que escreve uma carta para o velho e ausente amante Gabriel, falando de uma vida dedicada a ele, do sofrimento até a automutilação. Nesse conto macabro, de um delicioso humor negro, percebemos que Gabriel nem sabe que ela existe. Uma paródia hilariante das telenovelas e, quem sabe, uma versão pós-moderna de *Adele H* de Hugo. Você está vendo aquele conto ali, "A Beleza do Leão"? A personagem principal é jovem e se interessa pelo teatro; está de visita a uma cidade grande pela primeira vez, sem companhia, e tem um encontro melodramático e, talvez, homicida num teatro vazio. Você pode me dizer se é homem ou mulher? Não, né? Bom, o truque é comunicar essa coisa andrógina em português, idioma onde tudo tem gênero. E Edla conseguiu, por incrível que pareça. Foi uma dor de cabeça para o tradutor, pois o inglês, ao contrário do português, não tem gênero, a não ser que se especifique (tipo, *he*, *she*, *woman*, *man*). Como comunicar o achado literário do gênero neutro em inglês?

Consegui, depois de um trabalho danado. Bom, poderia falar horas a fio sobre *A Bag of Stories* mas ainda há outras vitrines a nossa espera.

Essa próxima exibe o romance premiadíssimo de Edla que, como você vê, leva o título *Madrugada*. Quando? É de 1992. Que loucura de intriga! A ação está contida dentro de um espaço de aproximadamente 12 horas, desde o pôr-do-sol até a madrugada do dia seguinte. Impressionante! Neoclássico! Está vendo todo esse corre-corre e ouvindo esse choro, essa música de circo? Pois é, circo, velório, assalto, assassinato, luto, polícia, tudo misturado. E tudo funciona. Depois de publicarmos a tradução em 1997 – sob o título *Early Mourning* – um crítico do jornal *The Washington Post* comparou o romance com *Pulp Fiction*, de Quentin Tarantino. Mas ele esqueceu de dizer que a versão original de *Madrugada* saiu dois anos antes do filme americano! Será que Tarantino lê português? A nossa colaboração – a minha com Edla, sem Tarantino – continuou depois com relação a *Madrugada*. Está enxergando aquele livrinho no fundo da vitrine intitulado *À Mão Armada*? É uma peça adaptada do romance que fizemos a quatro mãos. Todos os críticos falam que *Madrugada* é um romance cinematográfico e que merece uma adaptação ao cinema. Bom, vamos andando, ou está se cansando? Não? Que bom.

A vitrine aqui expõe o livro *Cheiro de Amor*, de 1996. É claro que foi também premiado, dessa vez com o Nestlé. Uma novela, que dá título ao livro, e contos. Camila, a protagonista da novela, é uma personagem deslumbrante. Convivemos com a catarinense desde seu casamento aos 13 anos – pois é, nos anos 50 as famílias burguesas ainda casavam as filhas em criança – com um homem bem mais velho. A burguesinha vira rebelde: revolta-se contra o marido traiçoeiro, contra a ditadura, contra as normas sociais, sobretudo no que diz respeito à vida sexual. Camila acaba convivendo com dois amantes, um deles, o irmão do marido. E na realidade, ela fecunda o lugar onde mora, o Vale da Flores, com seu cheiro, quando faz amor. Os contos têm ainda outras personagens geniais com seus enigmas, além dos temas pelos quais Edla sempre se interessou: a vida do artista, a morte, nosso relacionamento incômodo com o passado, a impossibilidade de conhecer a fundo uma outra pessoa – a não ser na ficção. E cada conto tem seu estilo. Eu adoro esse último aspecto de sua obra; para tradutor o estilo, no caso de Edla, é sempre um mistério a mais a revelar-se no ato de traduzir. Desculpe! Esqueci de falar que *Cheiro de Amor* foi mais um trabalho que nos uniu. A tradução foi publicada em março deste ano de 2001, sob o título de *Scent of Love*. O.k., estamos quase no final do nosso *tour*. Há mais uma vitrine que queria mostrar-lhe.

Essa última vitrine expõe o novo livro de Edla, *No Silêncio das Nuvens*. Não, claro que não está traduzido, se está saindo só agora no Brasil. Mas está na galeria porque Edla me pediu para prefaciar. Trata-se de quatro contos e uma novela, *No Silêncio das Nuvens*, estrutura semelhante à de *Cheiro de Amor*. Edla continua apresentando variações sobre velhos e novos temas. "Bodas de Ouro" constitui uma meditação sobre a velhice e a morte, a impossibilidade de nos livrarmos do passado, a obsessão por um amante falecido há muitos anos, no contexto aparentemente banal da comemoração feita pela família das bodas de ouro de um casal. Expressa-se no conto a multiplicidade de modos de amar dos quais são capazes os seres humanos, sua secreta vida interior, apesar da força dos laços familiares. E tudo leva à conclusão surpreendente e implacável na morte."O Rei dos

Malditos" começa com o enterro do protagonista, seguido de *flash-backs* representando múltiplas perspectivas fornecidas pelos presentes no funeral. Um homem exasperadamente complicado, amável, generoso e amoral, um homem amargo cercado de amigos, mas que sempre se sentia rejeitado e solitário. A ambigüidade da personagem é uma escolha consciente da parte da autora, pois ela está preparando o leitor para mais uma de suas surpresas enigmáticas. O próximo conto, "A Vingança", retrata mais um personagem excêntrico cuja característica saliente é um pão-durismo impressionante; o que, somada ao temperamento reacionário, deveria afastá-lo definitivamente do carinho dos outros. Mas, de novo, seremos surpreendidos e, mais uma vez, a morte faz um papel de destaque num acontecimento inusitado, que vai explicar seu título. Em termos estilísticos, Edla emprega um recurso curioso e cômico que dá unidade ao conto: jogos de palavras cruzadas pelos quais algumas das personagens são aficionadas. O conto, "Amor pelas Miniaturas", tem um achado feliz e inusitado: cinco bonecas que, quase se pode dizer, são as protagonistas, e se não chegam a tal, pelo menos em grande medida determinam o destino das protagonistas principais. Posso lhe segredar uma coisa? Edla mesma tem "amor pelas miniaturas", mas não se preocupe, elas nunca interferiram em sua vida familiar. Edla as transforma em arte, na criação do que ela chama de "interiores". E nesse conto, como você vê, transforma as miniaturas em arte literária. O resto do livro está constituído da novela "No Silêncio das Nuvens", que tem como cenário Vale Verde, vizinho do Vale das Flores, o cenário da novela anterior, "Cheiro de Amor". Mas o nome e a localização – repare na beleza da paisagem – são apenas prenúncio irônico de vidas tristes e desoladas, fracassos amorosos e de crimes horripilantes. A intriga é movida pelo reencontro de um grupo de velhos amigos, artistas, antigamente chamados de "os desgarrados" pelo pai da protagonista. Tema banal em mãos menos hábeis, o reencontro, a volta para casa, transforma-se em história de suspense com um desfecho completamente inesperado. Mas a surpresa não é nem truque nem fórmula, e sim um inquietante retrato da realidade brasileira de hoje.

E que elenco de personagens! Está vendo esse cara ali? É pintor, perdido a vida toda no amor não correspondido. Esse outro é radialista, essa mulher é cantora (casada com um professor norte-americano) e aquela figura lá atrás na penumbra é macumbeira. A penetração psicológica de Edla continua a mesma de sempre. As personagens agem em função de forças interiores, muitas vezes misteriosas, escapando do controle da autora, seguindo rumos que não serão previstos nem pelo leitor mais atento. E são exatamente assim os caminhos da vida. Entre esses caminhos dá-se o caso da cantora brasileira (aquela casada com o professor norte-americano), mas agora, na volta para casa, amante de um músico negro, de quem fica grávida. Através dessa união, Edla enfrenta um problema tratado abertamente por poucos escritores brasileiros: o racismo.

O livro é ainda mais uma demonstração da evolução contínua de Edla van Steen como escritora, sempre em busca de novas possibilidades estilísticas, uma autora que deixa que a intriga e as personagens ditem a forma e a linguagem. Esta é a estratégia do escritor maduro, em pleno poder, confiante de seu *métier*, sem necessidade de barroquismos, adornos, truques narrativos. Edla é uma artista que continua reduzindo a linguagem literária aos seus elementos básicos, como fazem os bons poetas, produzindo assim um estilo que, na sua simplicidade coloquial e depuração, acaba sendo sumamente elegante. *No Silêncio das Nuvens* é um livro maduro, pela temática, mas ao mesmo tempo, pelo estilo, com perdão a Bob Dylan, *forever young*.

Bom, então é isso. Há muita coisa que não está exposta aqui, pois Edla van Steen é uma artista de tantos talentos e tantas facetas que haveria que abrir uma nova galeria para mostrar os outros livros, o trabalho da artista plástica, de atriz e cantora. Não há nem espaço nesta galeria estreita para mencionar tudo o que ela faz! De qualquer maneira, você pode ter certeza de que nossa parceria há de continuar. Obrigado pela visita. Espero que você se deleite com a leitura de *No Silêncio das Nuvens*.

David S. George
Professor Titular de Literatura Latino-americana
Lake Forest College – EUA

Contos

Bodas de Ouro

Ela podia não ter acordado nunca mais. Que dia é hoje? Sábado. Finalmente. Lara abre os olhos devagar, as pálpebras pesadas. Não acordar nunca mais. Nunca mais! Por que não tem coragem? Por quê? Bodas de ouro. Ela não quer saber nada daquilo, missa, café e almoço de família, casa cheia. A filha e a nora saíram a semana inteira para preparar a festa. Ela fingiu que estava com dor na coluna. Há anos não faz outra coisa: fingir. De manhã à noite.

– Feliz aniversário, querida.

Leandro entrou no quarto trazendo um presente.

– Me espere lá fora, por favor – foi explícita nos gestos.

Estava cansada, tão cansada. Pôs o taier novo, tirou o sapato da caixa, a meia da embalagem.

– Preto, mamãe?

– Não sei usar outra cor, filha. Não me sinto à vontade.

Ela olhou a mãe com ar de censura, mas lhe deu o braço. Apesar de tudo elas se suportavam.

A sua vida teria sido tão diferente se... Não ia pensar em Vicente. Não ia. A obsessão estava se tornando, quer dizer, era uma doença.

– Bom dia, meu filho. Obrigada.

Como a casa está cheia. Netos correndo por todos os lados. A mesa do café, uma beleza. Quem providenciou aquilo tudo? Bolos, queijos, frios, os mais variados tipos de pães.

– Senta aqui, mamãe. Você e o papai vão ficar nestes lugares.

Guirlandas de jasmins rodeavam os pratos. Que delicadeza. Eles não mereciam tanto – Lara pensou. Leandro não gostava de trocar de lugar, olhou para a mulher meio desarvorado. Um de frente para o outro, no meio da mesa. Aos poucos, a família estava sentada. Quantos eram? Não importa – Lara se distraiu com o neto mais velho chegando. Caiu da bicicleta e quebrou a clavícula. Era tão parecido com a mãe que dava a impressão de não ter pai.

Leandro preferia estar ao lado de Lara, de mãos dadas com ela, como sempre, e não ali, defronte, se sentindo perdido. Bodas de ouro.

Quem diria? Só a paciência salva casamentos. Superou tantas crises. Tantas. Ele gostava cada vez mais da mulher. Era inteligente, engraçada, tinha um senso de humor mordaz, quase agressivo. O porte altivo e digno para os setenta anos, cabelos grisalhos, presos na nuca, salientavam-lhe hoje o lado espanhol. Não fosse aquele olhar tristonho que não a abandonava nunca.O olhar misterioso que o amedrontava e atraía. Certa vez, criou coragem e perguntou à mulher em quem ou em que estava pensando.

– Ah, Leandro. Meus pensamentos me pertencem. São meu refúgio. Eu jamais confessaria a você...

– Confessar?

– Está vendo? A palavra saiu assim, sem que eu pensasse antes. Por favor, jamais me pergunte em que ou em quem estou pensando. Deixe que eu tenha meu pequeno e inconseqüente mundo secreto. Perde-se muito ao longo da vida.

Ele não retrucou. A frase ecoou-lhe fundo, sentiu vontade de arranhar a pele até sangrar, ficar nu, ser outra pessoa. Desejos absurdos que revelavam sua insatisfação.

A sala estava bonita, cheia de flores brancas, as paredes pintadas. Por que os filhos quiseram aquela festa? Reformaram a casa toda, como se ele e Lara fossem começar a vida agora e não terminá-la daqui a pouco. Ele odiava tudo aquilo, sempre odiou, principalmente as ridículas comemorações de aniversário e sua música sebosa. Não conseguia suportar o pulha que está ali, ao lado de Lara. Além de roubar-lhe a filha mais querida, dela tirou o riso escancarado, a alegria contagiante. Deu-lhe netos saudáveis, isso sim, o mais velho acabou de entrar para a universidade. Faz de conta que ele não está à mesa, com aquele ar prepotente, de quem sabe tudo, capaz de discorrer sobre qualquer assunto, em tom professoral, não aceitando réplicas. Se ele pudesse ler os pensamentos dos outros, teria muita surpresa. Era ouvido com impaciência e asco. Quem se armaria da necessária coragem para interromper o discurso sobre a entediante economia do México? A quem o trololó podia interessar? Em pensamento, Leandro atira o bolo de coco na cara do genro e aperta os olhos, num quase sorriso. Ai que engraçado ele ficaria com a cara cheia de creme!

– Do que você está rindo, vovô?

– Bobagem. Me lembrei de um filme pastelão.

O genro parou de falar. Imediatamente todos se puseram a dialogar entre si, deixando-o à margem: desligaram o chato.

Lara se abstrai. Leandro sabe que ela está longe. Há cinqüenta anos... não, não era verdade, há quarenta anos ela some, evapora, se esconde. Desde que...

– Vovô, você me leva no zoológico?

O avô não responde. Sempre que ele vê a mulher assim distante, teme que um dia ela desapareça definitivamente, que deixe o corpo ali e se vá. Para onde?

Lara está pensando em quanto os anos demoram a passar? Também. Ela olha os filhos e netos tão sem emoção, mas se sente neles. Principalmente em Liliana. Ela se reconhece naquela neta de dez anos, cheia de personalidade, que não liga para ninguém. Neste momento ela está sentada no sofá da sala, lendo seu livro, indiferente à algazarra. Tem os cabelos lisos e fartos, que prende numa trança, e um leve estrabismo no olho esquerdo que lhe dá enorme charme. Será que o Vicente não vem? Ela está ficando louca. Imagine que idéia mais tola. E, no entanto, tudo o que ela queria na vida é que Vicente entrasse naquela sala e a levasse embora. Uma romântica incorrigível isso é que ela era

– Lara sorriu. Imagine, uma obsessão durar tanto. A verdade é que ela nunca deixou de pensar nele, nunca. Se nos anos 60 tivesse tido coragem de abandonar tudo e ir viver definitivamente com ele! Não adianta mais pensar nisso, não adianta. Faz muito tempo. Gostaria de contar aos amigos a sua história. Ela se sentaria calmamente no sofá para contar: um dia, ao sair do Museu de Arte Moderna um homem perguntou se ele podia atravessar a rua com ela, pois estava chovendo e não tinha guarda-chuva.

– Claro.

Sem mais nem menos ele lhe deu o braço, o sinal abriu e os dois ficaram na esquina, próximos, sem se conhecerem. Lara sentiu um leve tremor, como se pressentisse a mordida de uma cobra, que associação mais doida. A chuva aumentou, ele se encostou nela, sem cerimônia, e pareceu perceber o bem-estar que o seu movimento causou. Lara sentiu, de repente, vergonha. Um desconhecido. E se fosse um canalha qualquer, um criminoso, um ladrão?

– Meu ateliê fica a algumas quadras daqui.

– Eu levo você lá. É meu caminho.

– Gostou do meu quadro?

– Qual?

– Aquele vermelho que você ficou olhando.

– Seu quadro?

– Sou pintor.

– Ah, sei. Muito. É um quadro muito bonito.

– Obrigado. Infelizmente não ganhei o primeiro prêmio que eu queria. Não pelo prêmio, e sim pela grana. Ganhei o de revelação, mixaria. Que é que você faz?

Lara viu a imagem dos dois, refletida na vitrine, antes de responder.

– Escrevo histórias para crianças.

– Interessante. Talvez eu possa ilustrar uma para você.

– Em geral, quem cuida disso é a editora. Não dou palpite.

Tipo da resposta boba. O cara estava sendo gentil. Um carro passa a toda espirrando água. Os dois ficaram ensopados.

– Entre, por favor. Pelo menos para se secar um pouco.

– Fica para outra vez.

– Eu não mordo. Venha conhecer meu ateliê.

Lembra-se desse dia como se fosse hoje, nos mínimos detalhes.

– Experimente este pãozinho, mamãe.

Ela pegou o pão, sorrindo. Tinha de prestar mais atenção à mesa, senão alguém podia achar que ela estava esclerosada. E não?

– Delicioso. Me passa o queijo, Leandro?

– Quê?

– Você está cada vez mais surdo.

– Quê?

– Fala para o seu pai, minha filha, que eu quero queijo. Fala.

A filha mais velha ri. O pai sempre foi surdo. O marido dela acha que é para o pai não ouvir o que a mãe diz. Toda vez que ela falava que queria se separar, ele dava as costas e sumia. Fazia de conta que o assunto não lhe dizia respeito. Curiosa maneira essa de ir levando o barco. E ali estão os dois, comemorando bodas de ouro. Quem diria. A mãe chegou a sair de casa, uma vez. Foi para o Rio, decidida a não voltar. Chamou os filhos, pediu que se comportassem, que assim que ela arrumasse um lugar viria buscá-los. Ficou menos de um mês fora. Leandro sofreu um acidente de carro e ela voltou para cuidar dele. Até hoje os filhos acreditam que o pai enfiou o carro no poste, de propósito, para tê-la de volta.

Lara olha para o marido, mas não o vê. E suspira. Os filhos reclamaram a vida inteira daqueles suspiros doídos. Por que a mãe suspirava, por quê? Às vezes eles estavam no andar de baixo da casa e ouviam os suspiros que ela soltava no andar superior. Ela lhes inspirava pena. Muita pena.

Depois do café da manhã todos foram para o jardim. Lara pediu licença para subir alguns minutos.

– Vai, mãe. Não demore, viu?

Ah, se ela pudesse não mais descer. Não conseguia comemorar as malditas bodas, a prova da sua total e irrefutável covardia. Podia como?

Ela começou a freqüentar o ateliê de Vicente, com a desculpa de ter aulas de desenho para ilustrar suas histórias. Sentia-se tão bem. Aprendia a olhar de maneira diferente os objetos, o mundo que a cercava. Até que o irremediável aconteceu. Os dois se apaixonaram.

– Onde você vai tão bonita, Lara?

– Eu? Você acha que eu estou bonita?

– Mais do que nunca.

– Obrigada, Leandro. Vou ao Museu de Arte Moderna e à aula de desenho.

O marido era um cavalheiro. Devia saber que alguma coisa estava acontecendo com a mulher fora de casa, preenchendo a vida sem a sua participação. Não deu importância ao assunto. Ele também é dono dos seus dias e ela nunca fez perguntas. Teria ele um caso de amor? Lara olhou-o com atenção. Pelo menos, que ela saiba, não comprou cuecas novas. Vicente dizia que esse era o primeiro sinal, quando ela contou que tinha comprado calça e sutiã aquela manhã. Para quê? Ela se despia assim que chegava, o corpo inchado de desejo, os olhos úmidos.

– Mamãe, o que você está fazendo aqui no quarto? Venha, vamos lá para baixo.

– Precisei ir ao banheiro.

– E depois ficou aí, sentada na cama.

– Está uma barulheira.

– Um monte de gente. Me dê o seu braço. Daqui a pouco vão servir o almoço.

– Chegou mais alguém?

– Não sei quem você já cumprimentou, devemos ser trinta.

– Tudo isso? Nossa.

Leandro viu, satisfeito, a mulher e a filha se aproximarem. Lara notou que ele estava bastante envelhecido, aquela manhã. As dobras do pescoço salientes. Talvez a camisa estivesse apertada. Era um homem alegre e extrovertido. Um relações públicas nato, dono da melhor corretora de imóveis da cidade. Tirava de letra aquela bagunça, apesar de que não gostasse de comemorar aniversários. Tinha um belo porte ainda. Uma espécie de orgulho interior, intocado, que o fazia olhar de cima, como se todos e tudo fossem insignificantes. Ela admirava aquela inacreditável postura. Mesmo quando desconfiou que ela tivesse um amante.

– Por favor, Lara. Faça essa viagem que você tanto quer. Vá para o Rio com a sua turma do Museu. Fique o tempo que quiser. As crianças estão crescidinhas, sabem se cuidar. Eu dou cobertura.

– Você sabe o perigo que corre, não sabe?

Fingiu que não ouviu? Vicente a pressionava, cada vez mais. Queria que largasse o marido e os filhos e fosse viver com ele.

– Largar meus filhos?

– Aqui eles não cabem. Não tenho dinheiro para sustentar uma família. Se você gosta mesmo de mim, prove.

– Não me peça isso, Vicente. Eu não posso me separar das crianças.

– Pelo menos por uns meses. Até que as coisas se arrumem. Não consigo mais viver assim. Você vem, fica duas horas comigo, vai embora, dorme com seu marido. Freqüenta jantares, se diverte, e eu aqui sozinho. Não tenho sangue de barata.

– São compromissos profissionais dele, Vicente. Por mim eu ficaria com você.

– Prove.

Pena que Leandro não soubesse fazer amor com ela. Talvez soubesse com outra. Ela nunca entendeu como conseguira ter quatro filhos. Não se lembrava do marido na cama. Talvez no princípio, recém-casados, ela tivesse expectativas. Então passou a se visitar depois que ele dormia, sem fazer barulho, sem se mexer.

Com Vicente descobriu a alegria do amor a dois, das conversas longas, dos planos artísticos que faziam para o futuro. Os assuntos imobiliários de Leandro não a interessavam, as histórias que ele contava, duas ou até três vezes, sobre a compra ou a perda de uma casa eram difíceis de agüentar. Já não o tolerava. É o preço que se paga, quando se permite que outra pessoa entre no nosso pequeno e, apesar de tudo, protegido mundo, e se expõe às intempéries, às emoções desconhecidas. Voltar para casa, em certas circunstâncias, era um verdadeiro suplício. Devia controlar-se. Não podia agir sem pesar os prós e contras. Os filhos jamais a perdoariam se soubessem que largou o pai por causa de outro homem, que nem os queria. Não, não podia arriscar. Aceitaria a proposta de Leandro, de viajar com a "turma do museu".

Ela e Vicente fariam uma experiência, vivendo juntos, num ateliê que ele alugava no Rio, antes de qualquer decisão.

– Mamãe! Oi, mãe!

– Que é?

– Você nem está ligando para a sua festa. Viu quem chegou?

– Não. Quem?

– Os vizinhos.

– E onde eles estão?

– Vêm vindo. Papai foi recebê-los.

– Pensei que ficaríamos em família.

– E o que eles iam achar, olhando da janela este mundaréu de gente?

– Tem razão.

Lara gostava deles. Eram ignorantes, mas sabiam ser generosos e tinham uma certa graça para contar piadas.

Costumavam jogar baralho juntos, de vez em quando. Leandro arranjara um ótimo apartamento para o filho do casal, que ficou contente com o bom negócio.

– Obrigada pelo presente. É linda essa bandeja.

– Prata portuguesa.

A filha levou os vizinhos para sentar do outro lado, nas mesas cobertas com toldos brancos. O jardim estava bonito – Lara teve de se apoiar numa cadeira, tonta. Há dias vem se sentindo esquisita, uma queimação constante no peito, e essa tontura estranha, que a tira dos eixos.

– Você aqui, sozinha?

– Está muito quente. Além do mais, meu sapato é novo.

A cunhada reconheceu que os seus pés também doíam.

– Ainda mais com esse calor.

Lara não suportava o calor. Aliás, ela nunca poderia morar no Rio de Janeiro por causa da temperatura.

– Você vai se acostumar. Este é um verão fora de série, querida. Em geral não é tão quente, não.

Passados os primeiros quinze dias, em que ela e Vicente fizeram amor mais de uma vez por dia, algo não ia bem. Lara sentia falta dos filhos. Não conseguiria jamais viver longe deles.

– Eu não basto para você, Lara?

Não. Infelizmente, não, ela pensou. Não disse. Por que era incapaz de entrar no cenário do pintor? Não ficava à vontade em nenhum lugar daquele ateliê. Como se ela fosse alguma coisa que não contasse, sem importância. Sobra. Um prego vazio na parede. Lia o tempo todo e se aborrecia. Essa a verdade.

Quando a cunhada telefonou do hospital, contando que Leandro sofrera o acidente de carro, não hesitou um minuto, arrumou a mala e pegou o primeiro avião. Nunca mais ela e o marido se separariam. Ele não fez perguntas embaraçosas, ela não tocou no assunto da viagem. À maneira deles, se entenderam. No entanto, Lara não esquecia Vicente. Pensava sempre nele, com saudades.

Um dia ele telefonou.

– Tudo bem?

– Mais ou menos.

– Como ele está?

– Fazendo fisioterapia. Vai ficar bom.

– Venha me ver. Afinal continuamos amigos, espero.

– Claro.

– Que tal o próximo fim de semana?

Lara interrompeu os pensamentos e olhou para a cunhada que devia estar estranhando seu silêncio.

– Algum problema?

– Nenhum. Estou apenas com calor, morrendo de vontade de tomar um copo de água.

O garçom vinha com a bandeja. Lara sorriu.

– Você é meio bruxa – a cunhada pegou o copo. – Basta pensar e as coisas acontecem. Lembra-se daquela vez que saímos do cinema e você gritou "meu reino por um táxi"? Apareceu um, na hora – as duas riram.

Vicente chamava-a de minha fada.

– Qual é o seu segredo, hein? Nunca ninguém me deu tanto prazer.

Ela adorava ouvir aquilo.

– Se eu fosse você ganhava dinheiro com essa coisa que tem entre as pernas.

– Do que você está rindo, Lara?

– De uma bobagem. Não sei por que estou cheia de lembranças hoje.

E esta queimação que não passa, ela pensou, tentando abrir um pouco o botão. Estava com falta de ar? A casa tão alegre, pintada de salmão, as janelas e portas brancas: que presente. Os canteiros refeitos, a grama cortada. Ela não teria mais entusiasmo para tanto trabalho. Nem queria aquela festa. Não queria mesmo.

– Até que enfim consigo chegar perto de você – Leandro sentou-se ao lado da mulher. – Não me deixe mais sozinho. As pessoas têm absoluta necessidade de discutir coisas. Ainda agora o nosso vizinho resolveu falar mal do presidente. Ele não se enxerga, não? Tive de apelar para a surdez, para não brigar com ele.

Ficaram de mãos dadas. Nada dava mais segurança a Lara do que sentir a mão dele protegendo a sua. A dor no peito estava passando?

– Não saia mais de perto de mim.

– Papai, mamãe. Venham. Vamos servir o almoço.

– Só se vocês trocarem meu lugar. Não quero ficar do outro lado da mesa e sim perto da sua mãe.

A filha não acreditava no que estava ouvindo (Lara piscou para ela). Conhecia o pai para saber que ele não ia mudar de opinião. Então, tratou de rapidamente mudar a guirlanda de lugar e deixá-los juntos.

Os netos corriam, os garçons equilibravam as travessas, as pessoas falavam alto. Que barulheira – Lara começou a se abanar com um guardanapo. Suava de pingar.

– Acho que vou para o quarto.

– Almoce primeiro, Lara. Depois do bolo a gente sobe.

– Estou morrendo de calor.

– Tenha paciência.

Vicente disse que um dia viria buscá-la. Nem que viesse do além. Ela sorriu. Morreu há tantos anos. Uma tarde, Lara dava uma volta na quadra, quando sentiu que alguém se apoiava no seu ombro. Vicente, ela pensou. Ele está querendo falar comigo – a sensação daquele braço enlaçando-a era tão real. Mas durou pouco. Muito pouco. Soube no dia seguinte, ao ler os jornais, que Vicente morrera. Ela não derrubou uma lágrima. Foi até o jardim e enterrou a chave do apartamento que ele lhe dera e cobriu-a com um pé de azaléas. Agora não teria mais esperança. Sua vida estava definida. Nada, nem ninguém, alteraria o seu curso. Daí aquele buraco dentro de si. Aquela tristeza.

O bobó de camarão – ela deu umas garfadas – estava delicioso.

– Adoro salada que tem rúcula. Você experimentou, Lara?

– Não. Ainda não.

A filha chegava com um leque.

– Obrigada, querida. Eu estava precisando.

– O bolo vem vindo.

Branco. Com o monograma dos dois no meio.

Lara e Leandro se aproximaram do carrinho de chá, enquanto todos cantavam o parabéns, posaram para fotos, cortaram o bolo, beijaram-se, dançaram. Ele se queixava de dor nos pés. Ela reclamava da queimação que sentia no peito.

– Pensei que a festa não ia acabar mais.

– Vou subir, Lara. Estou louco para tirar esse sapato.

– Já subo também.

Lara sentou-se no sofá, exausta. Apoiou a

cabeça na mão e deixou-se ficar quieta. Sempre gostou de estar sozinha naquela sala, olhando a noite. A casa uma estrutura sólida, inabalável. E ela ali, tão frágil, ouvindo seu sangue correr nas veias, o coração bater descompassado. Estava cansada. Muito cansada. E triste. Tristíssima. Que pena tinha de si mesma. Devia estar alegre. Não conseguia. Ela não podia mais mudar aquele estado de espírito. Aquele sentimento de derrota pelo que fizera de sua vida, quer dizer, pelo que não vivera. Amanhã devia comparecer a uma festa na editora para comemorar os cem mil livros vendidos. E não tinha ânimo. Aquela autopiedade também não levaria a nada, nem a lugar nenhum. Era preciso reagir. Vamos, Lara, coragem. Vá descansar. Assopre as feridas, levante a cabeça, volte a sonhar. Com quem? – Lara suspirou.

De repente, a sala se iluminou:

– Quem está aí? Vicente? Até que enfim você veio me buscar.

Lara se levantou, lépida, e saiu sem olhar para trás. O corpo no sofá.

O Rei dos Malditos

Adolfo morreu ontem, às dez horas da manhã e o velório foi na Capela do Cemitério São João.

A notícia pegou todos de surpresa. Adolfo morto? Mas se ele nem estava doente. Aliás, nunca se soube de uma gripe nos sessenta anos em que viveu. Um touro de forte. Pelo menos, na aparência. Pois é. As frases comuns que pontuam a morte. Uma espécie de refrão. Ninguém sabe o que dizer. Basta estar vivo. Nosso Adolfo nos deixou. Quem diria.

Os parentes e amigos iam sendo avisados, resolveu-se publicar um anúncio, com o nome dos participantes do nosso grupo. Pra quê! Todos tinham de ser consultados. Em média, ligava-se pelo menos cinco vezes até conseguir a aprovação, o que dava um total de umas cinqüenta chamadas, uma atrás da outra. Que canseira! E quanta dor. Cada um se lembrava de algum detalhe e chorava. Imaginem, ele que se sentiu a vida toda rejeitado, e reclamava que nós o tínhamos esquecido. Mas se estivemos juntos há uma semana. Ele queria mais, sempre mais.

Adolfo era uma pessoa complicada, realmente. Mulherengo de marca maior, cantava qualquer mulher que cruzasse com ele, o que criava, às vezes, constrangimentos. A filha do Nascimento, por exemplo. Onde já se viu cantar a filha de um amigo? Tiveram um caso curto, que não deu certo, o Nascimento fingiu que não viu, porque senão ia quebrar a cara do sem-vergonha, que é que ele estava pensando? Francamente, Adolfo era doido. Deu pra ir à casa do Nascimento todo dia. Chegou ao cúmulo de pedir para fazer a barba no banheiro dele, com o aparelho do amigo, notem bem, alegando falta de água na sua casa. Sabem que horas eram? Oito da manhã. O Nascimento bateu-lhe a porta na cara. Adolfo ficou furioso, disse que fora maltratado, o Nascimento um egoísta, ele não fizera nada de mal, só pedira para se barbear na casa. Afinal, eram amigos ou não? Se fosse o contrário, o outro podia usar o seu banheiro o quanto quisesse. Verdade, generoso ele foi. E como.

Durante um tempo, Adolfo namorou a mulher de um colega do grupo. Todos sabiam, mas fingiam ignorar. Primeiro, porque o marido talvez desconhecesse; segundo, ninguém queria ser conivente com a traição. Eles eram adultos, responsáveis pelos seus atos. Adolfo não escondia o caso. Dizia: o marido da minha mulher convida todos para o jantar do aniversário. Óbvio que se ria muito, fazer o quê? Ríamos e torcíamos para que o pobre não descobrisse. O que aconteceu, pois o casal nunca se separou e chorava no enterro. Por toda uma década, Adolfo e ela se encontravam umas cinco ou seis vezes anualmente, para aplacar a saudade. Sem sentimento de culpa, nem remorso. Pura curtição.

Nosso querido morto era uma figura controvertida, mas capaz de provas incomuns de amizade. Uma delas: vendeu uma casa, e estava com o dinheiro todo no banco, quando um amigo veio pedir-lhe um empréstimo porque ia casar e não tinha grana para a lua-de-mel. Adolfo ficou em dúvida, acabou emprestando. Afinal, era para uma boa causa. Por que você fez isso, Adolfo? Se eu te pedisse você não emprestava para mim, também? Sei não.

O tal sujeito levou anos para pagar o débito. E o pior: pagou sem correção monetária. O que significava, naquela época, que o capital do Adolfo voltou trinta por cento menor. Pode?

O caixão ficou fechado. Ainda bem, ninguém ia agüentar ver a cara inchada do Adolfo. Foi tão repentina a morte. Ali estavam todos à espera do padre que ia encomendar a alma. Ele não acreditava que alma existisse, a religiosidade abandonada na adolescência, depois da noite em que teve um sonho erótico com a mãe. Como é que ia confessar para o padre? Desistiu. Só ia a missas de sétimo dia, em homenagem à família enlutada, abrindo mão dos seus próprios conceitos por afetividade.

O que Francisca estava pensando? Ela parece tão...

Adolfo podia ter poupado a gente. Morrer assim, de uma hora para outra. Atropelamento besta, sô. Devia ter tomado mais cuidado. Afinal, ele a deixara em casa minutos antes. Não bebeu, arreliado com a gastrite. Em outros tempos vá lá. Enchia o caco. Ultimamente... Andava até chato. Dormia e acordava cedo. Não ia mais ao cinema. Detestava televisão. Antes gostava de ir a restaurantes, tinha amigos. Um dia achou que não retribuíam os convites. Se ele não chamava, ninguém ligava. Não era convidado para nada. Quem se lembrava dele? Os filhos da puta comiam, se divertiam e nada de retribuição? Não quer nem saber. As exceções, insuficientes para alimentar-lhe o ego. Adolfo se sentia rejeitado e se fechava em copas. Não queria aplausos, isso a publicidade já lhe dava com os prêmios que recebia anualmente, com os elogios dos clientes. Queria companhia, amizade. Aquilo que ele sabia dar. Você podia pedir um texto, um conselho, ou ajuda para, sei lá, pendurar quadros na parede que ele comparecia. Não dizia não. Mas esperava retribuição. O que nem sempre acontecia, e Adolfo subia pelas paredes.

O que de pior ocorreu na vida dele não foi o tal do Silveira pedir o empréstimo para a lua-de-mel. Dava para entender. O dia-a-dia estava equilibrado, ele não estava certo do que fazer com o dinheiro. O problema foi que ele ficou, de repente, sem emprego. A agência de publicidade foi vendida. De uma hora para outra, ele ficou no olho da rua, aos quase sessenta anos: sabe lá o que é isso? Ele nunca fez economias, gastava o que ganhava, confiante no seu taco e na economia do país. Conclusão: se fodeu. A indenização não ia dar para nada. Até pensei que Adolfo podia ter se jogado embaixo do carro, de propósito. Tão desesperado parecia. Mas, ao mesmo tempo, todos acreditam que ele amava demais a vida para um gesto tresloucado desses. Não, não faz sentido, deve ter sido atropelado mesmo. E não se ia mais pensar nisso.

Não, não fomos namorados, se bem que, lá no fundo, algum dia podiam vir a ser. Não sentiam atração um pelo outro porque se censuravam. Uma vez ele confessou que tivera sonhos eróticos comigo. Se arrependeu de não pedir os detalhes. Sendo sua secretária, a intimidade era perigosa. E ia acabar perdendo o posto. Os homens comem e depois jogam o bagaço fora. Nada disso. Comigo ninguém tem vez. E Adolfo era mulherengo demais para o meu gosto. Estava assim de fêmeas. Uma delas telefonou um dia e perguntou: cadê o priápico? Tive de procurar no dicionário o que queria dizer aquela palavra e nunca entendi direito. Priápico. Que diabo era aquilo? Fosse o que fosse, não era mais. Agora ele estava ali, mortinho da silva, aguardando para ser enterrado.

– Eu não vou aceitar nunca esse atropelamento, palavra de honra – Aline suspirou. Meu irmão merecia morte melhor.

– Você acha? Uma longa doença, seria muito pior – alguém falou em voz baixa. – Afinal de contas ele morreu dormindo. Nem soube da gravidade.

– Estado de coma, desde o começo.

– Adolfo estava fragilizado, Aline.

– Ele não tinha resistência física.

– Pois é.

– E ele se foi. Não resistiu. E ninguém sabe, ninguém viu, quem dirigia o carro.

– Adianta saber?

As duas ficaram em silêncio. Aline estava muito distante do irmão. Quase não se viam, ela às voltas com os netos, sem tempo para conversa fiada. Além do mais Adolfo era completamente doido. Às vezes ligava cinco vezes por dia, mesmo sem ter nada para falar. Nunca imaginou que ela parasse o que estava fazendo para chegar até o telefone e ele perguntar está-tudo-bem? Alguma-novidade? Sem trabalho, recentemente, ele se sentia abandonado por todos. Daqui a pouco a grana ia acabar. Que-é-que-eu-faço? – Dou-um-tiro-nos-miolos-ou-me-jogo-de-uma-ponte? Eu-sou-um-fracasso, Aline. – O-rei-dos-malditos. Não, meu irmão, você não é um fracasso. Todos os brasileiros enfrentam dificuldades. Este é o pior governo que já tivemos. O Brasil está falindo.

Pobre Adolfo. Se não fosse atropelado ia morrer de desgosto. Ainda bem que o caixão está fechado. Ninguém suportaria vê-lo todo deformado. Principalmente a boca murcha, sem dentes. Não, Adolfo era vaidoso e orgulhoso. Sua grande chateação na vida foi fazer aniversário no dia primeiro de janeiro, que diabo de data escolheu para nascer, comemorar como?

– Deixou filhos, esse morto aí?

– Não.

– Mulher?

– Uma, não. Várias.

– Sei.

– Você conhecia o Adolfo?

– Não. Gosto de assistir a enterros. Moro perto e venho aqui todos os dias. Adoro quando me contam as histórias.

– Faz o que com elas?

– Nada. Repito para outras pessoas.

Cada um com sua loucura – Aline se levantou. Estava na hora do enterro. Aquele podia ser amigo de Adolfo. Era um daqueles sujeitos esquisitos que ele curtia conhecer.

– Está vendo aquela mulher de azul-marinho?

– Estou. Quem é?

– Amiga do morto. Se você gosta de histórias, ela é um prato cheio. Casada com um ministro. Dizem que um dia o marido chegou em casa e encontrou a mulher furiosa. Uma das namoradas dele telefonara contando que eles tinham um caso. Coisa de antes do casamento – ele explicou. Eu só queria saber se você usou camisinha. Não, não usei. Tenho horror a camisinha. E eu tenho nojo de você – ela disse e não tocou no assunto. Mas nunca mais dormiu com o marido. Sabe há quantos anos aconteceu isso? Trinta. Eles não dormem juntos há trinta anos. E não pense que ela arranjou outro. O Adolfo tentou, quer saber? Achava a amiga um avião, almoçavam juntos, se divertiam. Cama nem pensar. A dona contava a sua vida, ria muito do marido, que chegava em casa religiosamente para jantar, cumpria todas as obrigações sociais, aniversários, casamentos, natal, ano novo. E ela nada. Uma rocha. Dentro e fora de casa. Adolfo tinha esperança de que um dia a dona se arrependesse do jejum sexual e caísse nos seus braços.

– Coitada.

– Está chorando tanto.

Ser atropelado e morrer era coisa que acontecia com os outros, notícia de periferia. Não com um amigo da gente.

Marcha-lenta se aproximou do caixão e perguntou se iam abrir. Aline balançou negativamente a cabeça. Ele voltou para perto da mulher.

– Não, Francisca. O caixão vai ficar fechado.

A mulher estava com os pensamentos longe. Trabalhara na casa de Adolfo nos últimos sete anos. Protegeu-o de namoradas que apareciam em horas indesejadas, lavou e passou suas roupas. Conhecia as mixarias machistas do morto.

Pelo menos umas seis mulheres ali presentes foram caso dele.

Os maridos tinham conhecimento? Que importa? Uma vez o "marido da minha mulher" tomou um pileque e foi chorar no ombro do Adolfo que, por acaso, tinha passado a tarde ali, com a fulana, que prometera voltar à noite. Um sufoco. Francisca foi atrás dela.

– Seu marido não viajou, não. Está lá em casa, conversando com o Adolfo.

– Ele levou a mala. Como é possível uma coisa dessas?

Francisca não disse que ele chegou de mãos abanando. Se levou mala esqueceu no bar onde enchera a cara.

E dormiu lá. Estava tão bêbado que não acertaria o próprio apartamento. Escornado na poltrona. Um monte de carne. Na manhã seguinte levantou-se lépido e bem-disposto. Deve ter ficado alegre porque não procediam suas suspeitas.

– Preciso pegar o avião das nove horas, Adolfo.

– O Marcha-lenta te leva até o aeroporto, não leva, Francisca?

Ela sabia exatamente o que fazer. Pegou o telefone para localizar o táxi do marido.

– Ótimo motorista.

Quinze minutos depois, a mulher dele estava lá, na cama do Adolfo.

De outra vez foi um deus-nos-acuda. Uma no quarto e outra na campainha da porta. E agora, o que fariam? Francisca teve a grande idéia: desligou a luz do apartamento. Adolfo podia namorar em paz.

Uma traição morrer assim, sem mais nem menos. Imaginar uma coisa dessas. Perdia o patrão e o protetor. Onde ia trabalhar agora? Onde? Nunca mais encontraria alguém do mesmo nível. Não era um patrão, e sim um amigo. Um homem delicado que dava presente de natal e de aniversário para ela e o marido. Além de trazer lembrancinhas de todas as viagens que fazia. E ele vivia viajando.

Bom, o enterro estava acabando. Naquele momento punham as coroas sobre a laje. Adolfo ia apodrecer sozinho, naquele túmulo sombrio, e nunca mais iria ouvir a piadinha que sempre fizeram com o nome dele: homenagem ao Hitler?

As pessoas começaram a dispersar. Cheguei perto de Francisca perguntei se eles podiam me dar uma carona. Adolfo ia me fazer uma falta enorme. Era meu melhor amigo. E eu não me sentia nada bem.

No meio do caminho, desisti de ir para casa. Pedi ao Marcha-lenta que me deixasse no supermercado.

– Quer que a gente espere a senhora fazer compras?

– Não, obrigada. Daqui vou a pé.

Eu olhava aquelas gôndolas sem vontade de comprar nada, quando, de repente, dei de cara com Adolfo.

– Tudo bem?

Isto é uma alucinação, pensei. Eu não estou vendo o meu amigo porque ele simplesmente não pode estar ali. Dei-lhe as costas e escolhi um monte de bobagens, só para me distrair. Alguém parecido com ele?

Ao chegar em casa, larguei as compras na cozinha, liguei o computador, como faço todos os dias e fui ver minha correspondência.

Outra surpresa. Na primeira, Adolfo me convidava para jantar no dia do acidente. Na segunda, ele me dizia que tinha arranjado um emprego na melhor agência de publicidade do país. Que a vida dele ia mudar da água para o vinho. Literalmente. Água na refeição, nunca mais. A terceira era datada de hoje cedo: dizia que viria me buscar às oito horas. Que maluquice – olhei para o relógio. São sete.

Decidi tomar um banho quente, aliviar o aperto no coração, eu devia estar sofrendo um tipo qualquer de alucinação, culpa do meu nervosismo, não paro de pensar, aquela correspondência era antiga e o provedor só a tinha enviado agora, tentei me convencer. Não sei por quê, escolhi o meu melhor pretinho, me sentia descansada, preciso uma dose dupla de uísque, que aqueça a alma, me olho no espelho, sapato novo, bolsa pequena, nenhum batom, não o uso há quase dez anos, Adolfo não gostava, prendi o cabelo num coque na nuca, ele dizia que era o penteado da sua mãe, nos anos 40 – e me olhava tão enternecido, deixo cair o uísque no copo, acho que estou ficando louca, me arrumei toda, afinal de contas ele morreu, espero quem, então? Que falta o maldito vai me fazer.

Ainda não são oito horas, dá tempo para ouvir um CD, deixa eu ver, Lúcio Alves, sou meio retrô, gosto da voz aveludada, da entonação diferente. Dou o último gole e largo o copo vazio. A campainha toca.

A Vingança

O Sr. Max Podor viera da Bélgica para morar com a filha – Cecília – há dois anos e meio, mais ou menos. Um sujeito atarracado, forte, mãos de plantador de batata: os dedos vermelhos, gordos e curtos. Não conheço nenhum plantador de batata, mas foi ele mesmo que assim se definiu, quando elogiei as unhas largas e planas. Aliás, ele não era nada feio. Olhos azuis vivos, apesar das pálpebras empapuçadas; os cabelos louros e ralos tinham poucos fios brancos. Ia fazer oitenta anos. Uma de suas ocupações diárias era fazer palavras cruzadas, por isso Roma e ele ficaram amigos. Ele sempre lhe pedia soluções:

– Desculpe incomodar, Roma. Você sabe o que é "Jornalista brasileiro, que viveu no exterior", doze letras, e que começa com P?

– Ih, não sei. Deixa eu pensar. Depois eu ligo para o senhor.

– Já pedi para você me chamar de Max.

– Desculpe. Preciso me acostumar.

Telefone desligado, ela pensou no pobre homem, de pé, esperando algum comando secreto do cérebro. Ficava parado, tentando pôr uma perna diante da outra e dar um passo curto. Realizado o primeiro, parecia que andar era mais fácil e ele, finalmente, conseguia ir até sua cadeira. Fora esse detalhe era alegre, e adorava bater papo.

– Por que esse nome, Roma?

– Meu pai disse que foi um anagrama da palavra Amor. Queriam registrar que eu fora feita numa noite especial. Por sorte minha mãe teve a feliz idéia da mudança.

– Com esses olhos e cabelos negros você parece italiana. Poderia ser uma bela homenagem à Itália.

– Meu finado marido também pensou isso. Aliás, foi por causa de uma brincadeira com o nome que nos conhecemos e depois casamos.

– Como ele se chamava?

– Não vai acreditar: Lucca.

Max não conteve o riso.

– E deram que nome para os filhos? Veneza, Genova, Perugia?

– Claro que não – ela ficou emburrada.

– Está bem, Roma. Desculpe. Foi uma brincadeira. Pensei que você tivesse mais senso de humor.

– Mudando de assunto: descobri o que me perguntou. O jornalista pode ser Paulo Francis?

– Obrigado. Vou tentar. Comecei a inventar umas cruzadas diretas com o seu nome.

Ela se despediu. Que diabo, ele extrapolava. Não lhe dava esse direito. É verdade que passava o dia todo sozinho. Não tinha mais com quem conversar, o coitado ficou viúvo duas vezes. Um pé frio daqueles, a filha brincava.

– Fui muito amado, sabia? Mas pelo que vejo você...

– Eu também fui, quer dizer, sou amada ainda. Não conhece meus segredos, papai. Tenho meus admiradores. Só não trago ninguém aqui em casa. Quem ia querer morar comigo e você junto?

– Não vou demorar. Quando eu morrer o caminho fica livre.

– Ora, papai. Se Deus quiser você ainda vai ficar por aqui mais uns dez anos.

Ele e a primeira mulher, justamente a mãe de Cecília, se deram mal. Diferenças culturais, ele ponderava. Era preciso que ambos se adaptassem aos hábitos um do outro. Ela sabia ser doce e romântica, como ninguém e, em contrapartida, exigia pequenas delicadezas, que ele não conseguia satisfazer. Em pouco tempo a filha era o único elo. Naquela época, os casais não se separavam facilmente e iam levando o casamento. Ele era engenheiro eletrônico, saía cedo para o trabalho, e só voltava à noite. Sobrava poucas horas para as desavenças, as cobranças. Uma vez por ano ele ia visitar os parentes na Bélgica, onde passava um mês. Ela não o acompanhava. Foi numa dessas viagens que foi chamado, de volta, às pressas. A mulher estava no hospital, com um melanoma, uma pinta feia que lhe cresceu na cara e... Estava morta, quando ele chegou. A filha ficou morando com os avós maternos, enquanto o pai se divertia namorando todo rabo-de-saia que via pela frente. Até que, finalmente, parecia ter encontrado o que ele chamou de "a mulher da minha vida". Ainda bem, porque nessas alturas ele tinha mais de sessenta anos. Era justo que quisesse alguém para passar a velhice. Ganhava excelente salário, podia viver sem restringir gastos. Aí entrava um item revelador da personalidade do Max: era pão-duro. Justificava as economias que fazia, alertando a segunda mulher para o perigo do comunismo.

– Você precisa ler nas entrelinhas as notícias dos jornais. O comunismo já está em Cuba, não demora a chegar aqui.

E adotou uma estranha mania: tinha sempre pronta, no quarto, a mala com que viajaria de urgência, se ele chegasse.

– Gosto de você, Max, mas não suporto esse seu medo do comunismo. Não tem idade ainda para ter essas idéias fixas. Coisa de velho. Além disso, está ficando sovina. A empregada veio reclamar que você a mandou gastar menos óleo na cozinha.

– Cuido do nosso futuro, minha cara. Um dia vai me agradecer por ser econômico. Aliás, a partir do próximo mês, não precisamos mais de empregada.

– Não posso dispensá-la, por enquanto. Tenho de trabalhar, Max. Quem vai fazer o seu almoço, cuidar da nossa roupa? Só me aposento daqui a dez anos.

– Podemos ter uma diarista. É mais do que suficiente. Não gosto de ter uma estranha na casa. Me tira a liberdade.

Contava centavos. E adquiriu o hábito de ir quase que diariamente à agência bancária, para ver seu saldo, pois se houvesse algum problema, podia sanar o erro na hora. Numa tarde em que ele e a mulher entraram no banco, foram vítimas de um assalto à mão armada. Ele foi dispensado, pelos bandidos; ela ficou presa, como refém. Max Podor não tinha amigos. Freqüentavam a sua casa apenas um casal de alemães, ele um ex-colega da firma onde trabalhava, alguns parentes da mulher, e dois colegas dela, no serviço público, com quem jogavam baralho às vezes. Quando o assalto foi anunciado pela televisão, essas pessoas tentaram lhe fazer companhia: ele fingia não estar em casa. Nem atendia telefone, receoso de que os bandidos exigissem dinheiro para soltar a refém. Nunca se sabe, disse para si mesmo e fechou as venezianas, permanecendo no escuro. Infelizmente, a segunda mulher não saiu com vida do assalto. Nem os três outros reféns, inclusive o gerente da agência, que teve amnésia nervosa e não se lembrava do segredo para abrir o cofre. Todos foram mortos a tiro.

Ela devia ser queridíssima na repartição, pois compareceram mais de cinqüenta pessoas – Cecília comentou com o pai, que parecia inconsolável, se debulhando em lágrimas.

As pessoas culpavam a falta de governo, pela desgraça acontecida, fazendo verdadeiros discursos contra o presidente.

Max Podor desmontou a casa em que vivia e se mudou para a Bélgica. Mas não se habituou com o frio, e viera ficar com a filha, até conseguir, de novo, um domicílio. Cecília não concordou. Onde se viu deixar um homem de oitenta anos morando sozinho?

– Fico se puder contribuir para as despesas. Deixa-me ver. Eu dou quinhentos dólares por mês. Como pouco, quase não saio. Assim está bem?

A filha aceitou. O pai, ao chegar, guardou no armário cinqüenta mil dólares. Era o dinheiro reservado para montar um apartamento. E todos os meses retirava a contribuição mensal.

Ele e Roma se conheceram nessa ocasião e se tornaram amigos por causa das palavras cruzadas. Ele sabia tudo do assunto, menos o que se relacionava ao Brasil.

– Atriz brasileira que faz sucesso em Portugal com 8 letras. Começa com E e tem um W no meio.

– Vê se cabe Eva Wilma.

Um dia Cecília se queixou:

– Ele tem mania de contar dinheiro, Roma. Como se desconfiasse que alguém fosse mexer no armário e tirar alguma coisa.

Afinal de contas só nós dois moramos aqui. Ele está pensando o quê?

– Garanto que não é por mal. É caduquice.

Max Podor separava os maços de notas de cem, conferia uma por uma, prendia com um elástico, guardava no armário, trancava a porta e punha a chave no bolso.

– Sua filha fica meio chateada, acha que não confia nela.

Ele ria.

– O dinheiro é o único poder que eu respeito. Sem grana, acha que eu estaria morando aqui? Passei fome depois da guerra. Cheguei a comer uma única batata durante três dias. Dava uma mordida de cada vez. Sei, como outros europeus, o que é perder tudo e recomeçar do nada.

Cecília contratou uma enfermeira para vir dar banho no pai, todas as manhãs. Entrava às sete e saía ao meio-dia. No princípio ele achou ruim, reclamava. Após alguns meses ficava de olhos molhados ao falar dela. A filha resolveu aparecer, de surpresa, e ficou olhando às escondidas. A enfermeira estava sentada ao lado do velho Max, vendo televisão, e ele começou a levantar devagarinho a saia dela. Cecília, por delicadeza, tapou os olhos.

Nem precisava, porque ouviu estourar a alegria da enfermeira.

– Imagine, Roma. Que safado. Com oitenta e um anos! Pensei que ele não pensasse mais em besteira.

– Besteira? Eu, hein.

As duas riram. O velho Max andava contente, dizia que não bebia, mas tomava o primeiro aperitivo às onze horas, no almoço tomava uma cerveja, ao acordar às quatro horas tomava outra, às sete horas aceitava o vinho que a filha oferecia e antes de dormir virava um conhaque. Um perfeito alcoólatra, isso sim. O médico sorriu ao saber que o velho era pinguço.

– Não se incomode, Cecília. Não se deve mexer nos hábitos dos idosos. O corpo dele deve estar acostumado a essa bebida toda.

O que dava para notar é que ele, de repente, parou de falar em comunismo. Certa noite a filha deu com o pai costurando um paletó. O preferido dele, o preto risca de giz.

– Quero ser enterrado com este terno, Cecília. Não esqueça.

– Pode deixar, papai. Não vou esquecer.

Max Podor parece que estava adivinhando. Na última semana andava tão infeliz, se queixava de dor no braço, pressão alta.

– Ah, papai, não é nada. Esfriou muito esses dias. Até eu estou com dor nas juntas.

– Não sei se vou terminar as minhas palavras cruzadas, Roma.

– Vai, sim, amigo. O que é que falta?

– Tanto. Tem uma outra que estou fazendo: você sabe qual é o ator da novela Renascer?

– Quantas letras?

– Quinze.

– Deixa eu pensar. Será que dá Antonio Fagundes?

Uma noite, o pai comunicou à filha que ia se casar com a enfermeira.

– Aos oitenta e dois anos, papai, para quê?

– Minha noiva tem filhos. Não fica bem eu me mudar para a casa dela sem casar.

Ela disse que o pai devia saber o que estava fazendo.

Max Podor não teve tempo de concretizar o último desejo. Manhã fria, Cecília encontrou-o morto. Ao lado da cama, a revista de palavras cruzadas caída no chão. Morrera dormindo.

A filha obedeceu o último pedido e ele foi enterrado com o terno que queria.

– Uma lã tão pesada, puxa. Não se faz mais lãs como antigamente.

Na volta do enterro, Cecília foi guardar os documentos do pai, no armário onde ele deixava o dinheiro. E teve a surpresa de encontrar apenas algumas notas, o suficiente para pagar as despesas do enterro. O que acontecera com o resto? Procurou inutilmente.

– Sumiu o dinheiro?

– Sumiu.

– Quanto?

– Se ele trouxe cinqüenta mil dólares, deve ter gasto, no máximo, uns quinze mil. Não sei, talvez mais. Vinte e cinco mil evaporaram.

– Você já conversou com aquela enfermeira?

– Ponho a mão no fogo, Roma. Ela é honesta.

– Onde ele podia ter escondido tanta grana?

– Procurei na famosa mala também. Será que...

– Ele costurou as notas no paletó? Você disse que estava pesado. Era o que fazia no tempo da guerra.

Cecília me olhou estupefata. Não queria acreditar.

– Você pode pedir a exumação do corpo.

Durante alguns dias a amiga hesitou se

devia ou não pedir a exumação. Se o pai queria ser enterrado com o dinheiro dele, tinha direito. Ou não?

– Mas por quê? Pensava que podia ser enterrado vivo e, se conseguisse sair do túmulo, ia precisar da grana?

– Meu pai era tão frio, tão objetivo.

Um egoísta, Roma pensou. Não quis facilitar a vida da filha.

– Ele deixou alguma coisa para você?

– Não. Tinha uma conta na Bélgica, que praticamente limpou, quando veio para cá. Pelo menos foi o que disse. O que não tem a menor importância. Nunca tive interesse no que ele pudesse ou não me deixar.

Passado um tempo, Roma perguntou o que Cecília resolvera fazer.

– Nada. Absolutamente nada. Ele que apodreça com o seu pão-durismo.

A amiga notou que as fotos do pai foram deliberadamente tiradas dos porta-retratos. E que não havia vestígio da sua passagem pelo apartamento. Como se ele não tivesse existido.

Alguns meses depois, Cecília se casou e adotou o nome do marido. Coisa que ela prometera ao pai que nunca faria. Ele merecia a vingança. Com a adoção, a família Podor estava extinta.

Amor pelas Miniaturas

In memoriam
Sonya Grassmann

– Acordei me sentindo esquisita, Milena, não pensava em nada, como se tivesse acabado de nascer. Ou de morrer? Será que, finalmente, minha memória se apagou? Imagine a alegria. Fui para o banheiro, o espelho me mostrou um rosto que não reconheci – quem era? – não havia mais ninguém ali, portanto só podia ser minha aquela cara cansada. É evidente que sou eu. O perfil é inconfundível, a cara do meu pai, herdei os cabelos, ralos e lisos, que não passam de fiapos sem vida.

– Não exagere, Gilda.

– Veja essas rugas em volta da minha boca.

– Quantos anos você tem?

– Quarenta, Milena. E me sinto tão velha.

Não falou que seus braços balançam frouxos e as pernas estão cheias de veias pequenas, que formam um rendilhado entre o azul e o vermelho, difícil definir essa cor, nem que a musculatura... Deixa pra lá.

– Eu acho você bonita.

– Obrigada. O que me aflige, no momento, não é meu físico, e sim o excesso de memória. Eu me sinto como se fosse um pastiche, um monte de lixo. Isso mesmo, minha cabeça parece um lixão. Amontoou tantas besteiras. O que devo fazer para me livrar dessa porcaria toda, Milena? A impressão que eu tenho é que me falta espaço para guardar acontecimentos do presente. Tenho inveja de quem apagou informações e pergunta como é o nome daquele ator do filme tal? Se o vi, não preciso nem pensar, digo na hora. E, no entanto, seria melhor que eu o tivesse esquecido.

– Não é bom para você?

– Que é que eu ganho em me lembrar desse tipo de informação? Perda de tempo, minha amiga. Vira e mexe alguém me telefona para saber o autor de um livro, o diretor de um filme ou de uma peça. E alguns nem agradecem, sabia? Melhor que eu não conhecesse tanta frivolidade – quis se despedir da vizinha antes que o marido dela chegasse.

– Só me lembro do que quero – Milena afirmou.

Mulher bonita essa Milena Alvarez Filgueira. Excêntrica. Veste umas roupas que ninguém sabe de onde vêm. Muito veludo no inverno, cetim no verão, e rendas, saias longas, rodadas, corpetes apertados, blusas com mangas bufantes. Tudo muito colorido, de extremo bom gosto. Uma figura quase renascentista, não fossem as calças apertadas que usa de vez em quando, ou as de boca de sino. Costuma prender os longos cabelos negros em coque, e fica linda.

Ela engravidou logo depois do casamento com Ivan Filgueira. Mas em vez de fazer tricô para a criança, se pôs a costurar roupas para a boneca antiga que comprou e que lhe custou todas as economias. Sorte o marido dela ser rico e não se incomodar com os gastos. Achou que a gravidez devia estar despertando na mulher um lado maternal inusitado.

– Adoro bonecas, Gilda. Desde criança. Olha este vestido de organza, que eu estou fazendo.

– E para o bebê que está esperando, nem uma camisinha?

– Minha sogra vai dar o enxoval pronto. Que tal este bordado, Gilda?

– Você é muito prendada.

– Aprendi sozinha. Olhando.

Todos os dias trocava a boneca e conversava com ela.

– A Fabíola está resfriada. Com febre.

– Quem?

– A minha menina. Não dormi a noite toda, cuidando da pobrezinha.

– Sei. Vá descansar, então, Milena. Daqui a pouco seu marido chega para jantar e tem de estar alegre.

– Você cuida dela pra mim? Vou deixar aqui, neste canto. Ela não vai incomodar.

No aniversário Milena pediu outra boneca para o marido.

– É esta que eu quero – apontou o catálogo.

– E como é que se compra?

– No cartão de crédito. A loja manda entregar.

Ela exultava com a nova filha no colo e manifestava a alegria beijando Ivan.

– Me casei com uma garotinha.

Infelizmente, ou felizmente, nunca se sabe, naquela noite, a hemorragia levou-a ao hospital, onde perdeu a criança. Ivan parecia inconsolável, Milena não deu a menor importância.

– Tantas mulheres perdem a primeira gravidez, meu bem. Vamos fazer outro bebê. Não se preocupe.

Depois de seis meses a notícia de que Milena estava novamente prenhe alegrou o casal Filgueira. E uma terceira boneca selou a comemoração. Ela, que não gostava de sair de casa, se arrumava toda e ia comprar tecidos para fazer vestidos, chapéus, sapatos de pano, além de encomendar coisas às revistas estrangeiras.

– Não são maravilhosas as minhas filhas?

– Você já sabe o sexo da criança?

– Ainda não está na hora de fazer o ultrasom. Eu quero que seja menina, para brincar com as irmãs.

Eu me despedi. Às vezes ela me assustava com aquele mundo irreal em que vivia. Esquecia-se de tudo, inclusive do marido.

– Você não fez o jantar? Então vamos comer fora, Milena.

– Vou, se me deixar levar as meninas. Se não você pode ir sozinho.

E lá se foi, vestir as bonecas. No restaurante, sentou-as todas juntas, numa cadeira, orgulhosa de sua prole.

Ivan suspirou fundo. A gravidez devia afetar a mulher. Ela que tinha sido tão viva, tão original, não só na maneira de se vestir, também no jeito de inventar programas, de se divertir, agora era outra. Não se interessava por mais nada, só pelas bonecas. Verdade que ela continuava meiga e carinhosa e que demonstrava amá-lo como sempre. Mas o seu desligamento dos compromissos com a casa, as amigas, que nunca mais procurou, era inquietante. Ivan reconhecia que nada sabia de sua mulher e que tinha dificuldades para entendê-la.

– Você está tão diferente, meu bem. Vamos convidar amigos para jantar, sair.

– Claro, meu amor. Quando você quiser.

– Sexta-feira. Depois vamos dançar.

– E o que faço com as meninas?

Ivan teve ímpetos de brigar com a mulher, mas resolveu entrar no jogo.

– Peça à vizinha para cuidar delas.

Milena sorriu. Ela não vai se negar. Gilda é uma boa amiga.

Eles se amavam tanto. Bastava vê-los juntos para sentir a harmonia do casal.

– Milena é a mulher da minha vida, pai. Não consigo achar alguém mais interessante. Além de linda e inteligente, tem senso de humor. Cozinha como uma deusa. Tudo o que faz é perfeito.

– Concordo, meu filho. No entanto, me parece que ela se coloca numa posição distante, inatingível, tem um mundo interior muito pessoal.

– Não se preocupe, meu pai. Um dia vai ver a nora adorável que tem. Aliás, estou aqui para contar que daqui a sete meses serei pai.

Os dois se despediram e Ivan foi procurar a mãe para contar a novidade.

– Eu me encarrego do enxoval, meu filho.

Ao chegar em casa encontrou a mulher lendo uma história infantil para as bonecas, ao lado de Gilda.

– Desde quando você gosta de bonecas, Milena?

– Não sei, Gilda. Não posso perguntar para ninguém. Mamãe morreu quando eu tinha sete anos, papai nunca estava em casa. Fui criada por uma tia, irmã dele, que era surda. Minha vida foi solitária, até ir para a faculdade.

– Qual?

– Turismo. Herdei do meu pai esse gosto pelas viagens. Conheci Ivan na Universidade. Ele cursava engenharia.

– Em quem você era mais ligada?

– Eu me lembro mais de minha mãe. Principalmente do perfume que ela usava: Chanel n. 5. Os olhos eram amendoados, castanhos. Parecia uma estrela de cinema. Meu pai disse que ela tinha sido convidada a fazer um filme. Não fez porque estava grávida. Ela adorava cozinhar e eu, desde pequena, ajudava a mexer as panelas. Talvez seja por isso que eu goste tanto de cozinha. Minhas colegas viviam dizendo que cozinhar era perder tempo, eu considero que é encher a vida. Você não vê que, de vez em quando, alguma amiga vem me procurar, desesperada? Em geral, estão sem grana para chamar banqueteira e entro na parada. Não ligo. Eu gosto de cozinhar e de ser útil. O Ivan até me sugeriu abrir uma pequena empresa. Sabe o que eu gostaria mesmo? De me estabelecer com uma loja de miniaturas.

– Seria ótimo. Adoro miniaturas! Eu iria trabalhar com você.

– Já pensei em fazer casinhas de bonecas. Na Holanda existe um museu cheio delas, sabia? Mas tenho de arranjar um marceneiro habilidoso.

– Meu cunhado conhece um. É colega dele. Faz molduras de madeira e de metal para vender. Dei várias de presente.

– Meu primeiro namorado me incentivava com as miniaturas. Sempre me trazia coisas. Guardo tudo numa caixa. Ele era músico. Quer dizer, ainda é.

– Que instrumento ele toca?

– Violão. Eu era louca por ele.

– Que aconteceu?

– O pai obrigou-o a se casar com a filha do sócio e transformou-o em executivo.

Esperei por ele até que recebi o convite para o casamento. Sofri à beça, viu? Pensei que fosse mais forte. Que resistisse.

– E a mãe?

– Concordou com o marido. Eles eram padrinhos de batismo da noiva, imagine. Eu não tinha a menor chance. Quase morri de tristeza. Depois conheci Ivan. Ele sim é um verdadeiro homem, se impõe, tem caráter. Meu sogro nunca disse nada, pelo contrário, é muito gentil, mas eu sei que ele preferia que o filho se casasse com alguém diferente de mim. Acho que implica com as minhas roupas e manias.

– Adora a sua comida. Ele mesmo me confessou. Você nunca mais viu o outro?

– Vi. Claro que vi. Ele e Ivan são amigos, quer dizer, amigos não, conhecidos. Conversam.

– E sabe que vocês foram namorados?

– Eu nunca mentiria para ele.

– E o que Ivan acha das miniaturas?

– Por enquanto, nada.

O marido entrou na sala e deu um abraço apertado na mulher.

Fiquei uns meses sem ver Milena, porque fui visitar minha mãe e ela não me permitiu voltar logo. Acabei participando de um programa de televisão, que era visto apenas no interior, respondendo perguntas sobre artistas de cinema. O ator predileto do auditório era Elvis Presley. As pessoas queriam saber por que fora para o exército, como era a relação dele com a mãe, com a mulher e a filha, porque se tornara dependente de remédio, esse tipo de curiosidade. Ganhei um dinheirinho.

– Pode parar de reclamar da sua memória. Acabou dando lucro.

– Reclamo. Não tenho lugar para guardar mais nada. Se eu não esquecer o que já sei, não vou me renovar, entende? Por exemplo: esqueci o nome das suas bonecas.

– Venha ver a família. Fiz roupas novas. A Fabíola você conhece. Ela até falou mamãe pra me alegrar. Esta é a Marina, a Bianca, a Ester e a que acabou de chegar, Isabel.

Milena engordou pouco, como da outra vez.

– E então, menino ou menina?

– Não sei. Prefiro a surpresa.

– E o Ivan?

– Ele não liga. Diz que se eu não quero saber o sexo, tudo bem. Antigamente ninguém se preocupava com isso.

A entonação deixava evidente que ela estava satisfeita. Só não escondia aquela espécie de perplexidade que transparecia nos gestos, na fala, nos olhos.

– Que você tem, Milena?

– Nada não, Gilda. Ando desanimada. Ivan fica tão pouco em casa. Parece que não gosta de me ver grávida. Estou feia?

– Que bobagem. Nunca vi você tão bonita.

– Faz de conta que eu acredito. Me fale de você, minha amiga. Já amou alguém, imagino.

– Quando eu tinha quinze anos me apaixonei por um vizinho. O primeiro – e único – namorado.

– Por que não teve outro?

– Não me pergunte, não sei a resposta. Nunca mais me interessei por ninguém. E não sinto falta. Tenho horror de sexo e não consegui vencer meu nojo. Acho que nasci sem algum detalhe importante.

Milena hesitou em continuar o assunto. Aquela confissão foi tão surpreendente: era possível alguém viver sem sexo? Olhou a amiga com carinho. Era tão bondosa com suas filhas. Uma noite, em que ficara com elas, encontrou-a com as cinco deitadas ao seu lado, na cama, vendo televisão: ela também estava se afeiçoando às bichinhas.

– Seu namorado foi indelicado, machucou você de alguma forma?

– Não. Logo viu que eu não queria nada com ele, e se mandou. Hoje em dia está casado, tem filhos. É um famoso advogado da minha cidade. Defendeu, inclusive, uma causa de mamãe, contra a Prefeitura.

– Por que ela nunca vem visitar você?

– Cadê condições físicas, Milena? Tem artrose na coluna, catarata, sabe como é, fez setenta anos. Não é como alguém que mora aqui, com todos os cuidados.

– Entendo.

– Prometi que vou vê-la a cada três meses. E falamos por telefone todos os domingos. É o que posso fazer.

– E não se sente sozinha?

– Estou acostumada. Agora, eu jamais poderia aceitar que alguém morasse comigo. Não suportaria um intruso nos meus hábitos. Sou metódica demais.

– Oi, meu bem – Ivan chegou, carregando um grande pacote. – Vamos ver o que mamãe mandou para nós.

– Bem, eu já vou indo. Vejo você amanhã, Milena.

– Fique, por favor.

– Obrigada, mas...

– Me ajude aqui, Gilda.

Impecável, o enxoval em branco e amarelo da criança. Milena dobrou as roupinhas uma por uma e colocou no armário. Parecia triste.

– Algum problema?

– Não sei. Às vezes me sinto tão desarvorada.

Elas voltaram para a sala.

– Enxoval para príncipes ou princesas esse que sua mãe preparou, Ivan.

– Obrigado. Gostei também – ele vinha com champanhe e copos na mão. – Querida, tive uma idéia: que tal André?

– Que André?

– André Filgueira.

– Ah!

– Soa bem, não soa?

– Prefiro André Alvarez Filgueira.

– Certo. Que você acha, Gilda?

– Perfeito.

– Então, vamos fazer um brinde. Ao nosso esperado filho.

– Eu gostaria muito mais que fosse menina, Ivan.

– Para mim tanto faz, Milena.

– Se for, vai se chamar Andréia.

– Combinado.

Milena não foi fazer ultra-sonografia. Detestava ir ao médico, responder a um monte de perguntas idiotas e ouvir conselhos. Dentro de dois meses teria o bebê e pronto. Eu vinha visitá-la de vez em quando. Ivan trazia amigos para jantar: a mulher caprichava nos menus, encantando a todos pelo tempero especial e pelo capricho na arrumação dos pratos e da mesa.

Naquela noite, Milena acordou em prantos.

– Por que você está chorando, querida?

– Me leve para o hospital. Está na hora.

Andréia nasceu bem abaixo da altura e do peso. Com a amamentação no peito parecia se recuperar, aos poucos.

– Você nasceu antes do tempo, viu? Papai gosta de meninas pequenas. E de mulher "mignon" então, nem se fala.

Quando Andréia fez dois anos, Ivan permitiu que a mulher se estabelecesse com a loja de miniaturas, desde que levasse a filha com ela.

Milena se levantava cedíssimo para vestir a filha e as bonecas e finalmente transportá-las, no carrinho, até a loja.

A clientela elogiava a beleza de Andréia.

– Uma bonequinha. Tão linda e tão pequenininha.

Vez por outra alguém queria comprar uma de suas bonecas.

– Minhas filhas não são mercadoria. Estão na loja para me fazer companhia – desarmava a surpresa da cliente com um amável sorriso.

Andréia, nessa época, adorava as irmãs.

Depois de beijar, uma por uma, se jogava no meu colo.

– Madrinha do meu coração, vamos até a praça? Quero brincar no balanço.

"Casinha da Milena" ia de vento em popa. Eu era a gerente e dividia responsabilidades. Se no princípio devia-se importar tudo dos Estados Unidos, agora já se podia fazer encomendas a vários artesãos que lhes ofereceram móveis, molduras, quadros, variedade grande de objetos. A loja proporcionava a Milena e a mim conhecer pessoas interessantes. Fazíamos planos para ampliar as vitrines.

– Você é um sucesso, querida.

– Graças a Gilda, que tem memória prodigiosa e uma capacidade de trabalho invejável. Conhece cada uma das clientes e o que compram. Sem ela a loja não iria tão bem e eu não teria tempo de cuidar das minhas filhas.

– De qualquer maneira o gosto é seu. Você é que tem amor pelas miniaturas – eu disse.

– Estou atrapalhada. Preciso ir a um jantar com o Ivan. Jantar de negócios. Você fica com a Andréia?

– Você sabe que eu adoro ficar com a minha afilhada.

Quando Andréia fez cinco anos, o casal soube que a filha tinha reais problemas de crescimento. Acondroplasia. Milena não quis ouvir o resto que o médico tinha a dizer. Foi para casa, abraçou a filha e cobriu-a de beijos.

O marido passou o dia preocupado, mas ao voltar do trabalho encontrou Milena e as seis filhas à janela, vendo a procissão passar, e se convenceu de que estavam todas muito felizes. Não havia nada a fazer.

O pai resolveu procurar, sozinho, médicos que pudessem curar Andréia. No Brasil e no exterior. A menina era linda e inteligente. Não permitiria que sofresse. Que não tivesse uma vida agradável.

Milena achou melhor não discordar do marido. Aprendera, naqueles anos de convivência, a controlar seus sentimentos. Era preciso que ele se acostumasse com a idéia. O que não podia contar é que muitas vezes ela desejara que Andréia não crescesse nunca, que fosse como as suas outras filhas.

Mas Andréia crescia um pouquinho cada ano. O que mortificava as duas.

Aos dez, usava roupa de seis anos, e não queria mais freqüentar a escola. Sentia-se diferente e rejeitada. Milena convenceu o marido a deixar que contratasse uma professora particular, por um ano. Mais tarde ela voltaria para a escola. Gostava de ler, estudar, cantar e dançar. No entanto, meiga e carinhosa com os pais, Andréia passou a detestar as bonecas.

– São ridículas. Você gosta mais delas do que de mim, mamãe.

– Não é verdade, Andréia.

– Então guarde todas no armário.

– Vou levá-las para a loja.

Milena chegava antes da hora para mudar as filhas, causando a admiração das clientes que elogiavam as roupas, os penteados; só se aborrecia se alguma, desavisada, as quisesse comprar.

Andréia não voltou a freqüentar colégios, mas falava inglês e francês. Tinha talento para línguas e para a pintura. Eram interessantes os seus quadros. O que mais impressionava é que ela pintava telas enormes. Não gostava de quadros pequenos. E ria.

Quando Milena teve um leve distúrbio cardíaco e precisou ficar em repouso, a filha veio me ajudar na loja e se deu muito bem. Era simpática e organizada.

Mas logo perdi a companhia. Nossa mais fiel e antiga cliente, a senhora Junqueira, trouxe o neto e apresentou-o a Andréia, sorrindo. Sabia o que estava fazendo. O jovem, apesar de ser mais alto do que ela, tinha baixa estatura também. E antes que Andréia completasse vinte anos foi pedida em casamento.

A cerimônia se realizou em casa, apenas para a família, clientes e fornecedores da loja. Gente como a gente – a mãe sorriu. Milena fez o enxoval todo bordado a mão e preparou a comida e os doces. Fazia uma única exigência: queria que as irmãs estivessem presentes. Andréia reagiu, mas acabou concordando. Lá estavam as cinco, sentadas no aparador de mármore, elegantíssimas em seus trajes de veludo. Como a mãe.

Os noivos não fizeram viagem de núpcias: para quê? Preferiram saborear a casa adaptada especialmente para eles. Andréia não via a hora de voltar a pintar no estúdio novo.

Eu continuo aqui, na loja, sentindo o enfraquecimento da memória: hoje em dia anoto tudo. Até que enfim estou me livrando de todo aquele lixo de informações inúteis. E Milena agora está feliz porque pode levar suas bonecas para casa.

No Silêncio das Nuvens

Para
Marina Baird Ferreira

1 Cada um tem sua maneira de ver e sentir o mundo, mas há de ter alguma diferença olhá-lo de uma janela, em um lugar que se chama Vale Verde. Inspiração de poetas que escreveram sobre suas montanhas, a cidade não merecia os versos gravados no mármore do pórtico da entrada. Infelizmente, para certas coisas a memória é péssima, não se consegue repetir as palavras quando se quer, mas nele está escrito que ali, no silêncio das nuvens, pode morar a felicidade, dependendo de quem a quiser encontrar. A mensagem do poeta fica longe da realidade, as almas que vivem em Vale Verde e nos vales vizinhos não encontram o bem-estar apregoado, antes pelo contrário, naquele paraíso perdido sempre moraram a infelicidade e a tristeza, como se todos tivessem de pagar um tributo à beleza da paisagem. São muitas as histórias funestas da região. Algumas parecem lendas de tão trági-

cas, como a do grupo de artistas que ali nasceu e morreu. Um caso que até hoje ninguém entendeu bem, mas que será contado como se pensa que aconteceu, sem recursos romanescos. Pode até parecer incompreensível, ou mesmo mal contado. Paciência.

Na rua das Palmeiras, há dias Raquel vem sofrendo de insônia. Acorda de madrugada, entre três e quatro horas, e não consegue mais dormir. Por que aquela incapacidade de ferrar no sono a noite inteira? Por quê? De madrugada perde-se o pudor e ela não gostava nada disso. Os desejos mais profundos vinham à tona, os sentimentos sem-vergonha se soltavam. Ela, que durante o dia se censurava e policiava, à noite se libertava. Não gostava do que pensava da vida. De dia era sensata; de noite, despudorada. Como se fosse outra pessoa. Acordava, às vezes, encharcada de suor, com a sensação de ter feito alguma coisa que não devia. Em outras, sentia saudades de Leopoldo. Depois de tanto tempo? Quando se amou muito alguém tem-se a esperança de um reencontro – tentava racionalizar a angústia e se virava na cama.

Uma obsessão aquela de ficar pensando tanto na Casa da Encosta. De repente lhe vinha a imagem da festa, foi a vez mais bonita em que as suas portas foram abertas, e aconteceu o seguinte. Tito Vargas oferecia um festão para comemorar os seus setenta anos. Toda a cidade estava lá, de roupa e sapatos novos. O que ajudou Raquel. A sapataria nunca vendeu tantos pares de uma vez só. As pessoas entravam na loja e compravam cinco, seis calçados para os filhos, as tias, os avós, sabe-se lá para quem mais. Ela, que não estava acostumada a vender aquela quantidade, tinha de pedir paciência para os clientes. O preto acabou. Tente este outro modelo. Sem um auxiliar, podia atender a tanta gente? Volte mais tarde, por favor, sorriu para o farmacêutico. Prometia ficar, depois da hora, o tempo que fosse necessário. Até dormir na loja, pensou, não disse, satisfeita com o movimento. Ah, se essas festas acontecessem mais vezes – baixou a porta de ferro com força.

Odiou o pai, por ter morrido, um atrevimento deixá-la sozinha, não estava preparada, e também por receber de herança a ridícula Esquina dos Calçados. Sonhara com planos tão diferentes para a sua vida. Fazer o quê? Aceitou a sina com resignação. Um dia, quem sabe, ela a venderia e... Não ia pensar nesse assunto. Não ia. Naquela noite Raquel estava contente, queria se divertir e ver os sapatos nos pés dos clientes. Há muito tempo não se sentia tão animada.

Os convidados foram chegando, a festa não podia estar melhor – aceitou o salgadinho que o garçom oferecia. Algumas caras novas, dos condomínios vizinhos. Quem era aquele? Diabo, esquecera os óculos. Nunca imaginou que fosse precisar deles. Saiu caminhando pelo jardim – o uísque estava subindo, o rosto ardia.

Tito Vargas abraçava e apresentava a mulher nova. Quase uma criança. Como é que pode? A primeira, Antônia, tinha mais personalidade. Comparando-se as duas, a segunda era de uma vulgaridade impressionante, com a minissaia vermelha, de cetim, e o horrendo sapato de salto agulha. Que diferença das roupas extravagantes e dos turbantes coloridos comprados nas viagens que Antônia fazia anualmente aos parentes orientais: parecia sempre uma figura de contos de fadas.

De repente, irrompeu no jardim Leandro Vargas, irmão do aniversariante, causando uma exclamação. Ele não aparecia há mais de dez anos! – as pessoas se olharam surpresas. Aí aconteceu não se sabe exatamente o quê. Antes que o irmão o abraçasse, Tito Vargas se encostou a uma cadeira e caiu. Em poucos minutos a ambulância o levava para o hospital, onde chegaria morto.

– Era tudo o que eu queria que acontecesse comigo – a Juíza comentou.

– Imagine a sorte de se morrer assim, rodeado de amigos – o prefeito deu sua opinião.

– Morreu de emoção, meus caros. Emoção – o gerente do banco se despediu. Todos os presentes emitiam suas frases, enquanto esvaziavam o jardim. A jovem viúva se casara com separação de bens, não tinha direito a nada e logo se mudou. Os filhos de Tito Vargas, que não compareceram, há muito moravam longe e nunca mais voltaram. Esperava-se que logo chegasse alguém da família. Ah, como Raquel gostaria que fosse Leopoldo. De qualquer maneira, era importante que se desse um destino à Casa da Encosta, que sempre foi o cartão-postal da cidade, e que representou sua classe, para parar com a onda de boatos e intrigas... Verdade que leiloariam os móveis, os quadros, as louças? Uma casa exposta assim à bisbilhotice pública? Raquel ignorava porque a idéia lhe doía tanto.

Anda pela sala sem saber o que fazer. Saudade de alguma coisa indefinida. Sensação obscura. Abre a janela e engole um gemido: a Casa da Encosta continuava lá, com as janelas podres, a pintura descascada, a memória adormecida. Os canteiros ficaram ocultos pelas folhas secas, a ferrugem corroía a grade do imponente portão. Uma propriedade ser abandonada, assim, sem nenhum apego! Quem diria. É o símbolo de quanto a cidade decaíra. Não acontece nada em Vale Verde. Nada. Você olha pela janela e não vê ninguém na rua. Não importa o dia, a hora. Nem um cachorro sem dono. Ninguém.

O que se faz domingo, numa cidade como aquela? Vê-se televisão, vai-se ao cinema. A primeira hipótese é melhor. Não custa dinheiro. Outra possibilidade: ir ao cemitério. Não que ela acredite em vida após a morte – não mesmo – mas é agradável. Se há alguma coisa bonita naquela cidade é o Cemitério do Silêncio. As mães costumam levar os filhos para brincar nas alamedas, enquanto descansam nos bancos de pedra, protegidas pelas sombras das amendoeiras. Aquele é o único cemitério do planeta que tem árvores frutíferas. Ano passado deu tanta laranja e tanto limão, que nem as crianças e os mendigos acabaram com eles. As mudas foram plantadas pelo velho coveiro, para preencher o tempo, em época de pouca morte. Não pensava nos defuntos, ele não tinha ilusões, e sim nos vivos esfomeados de Vale Verde.

Entre alguns solitários que costumavam trazer flores para suas mulheres, mães ou filhas, havia um dentista que só falhava se estivesse chovendo. Ele punha terno preto, linda gravata, e trazia flores perfumadas para enfeitar o túmulo da amada. Até que encontrou uma viúva inconsolável e passaram a ir ao cemitério juntos. Os dois de preto, sorridentes. Raquel acha que marcavam encontro no portão principal. Um dia foram à loja comprar sapatos, e a convidaram para o casamento.

– Vamos casar de preto, em homenagem aos nossos mortos.

– De preto?

– Nossa cor predileta. Meu finado marido vai ficar contente.

– Com certeza.

Por que não? As cores são meras formalidades. Raquel também iria de preto. Aliás, não foi a única. Original ou exibida foi a louca da Polaca, que entrou na igreja de branco reluzente. É preciso que se diga que ela tinha expectativas de ser a escolhida do dentista, e talvez usasse a roupa que acalentou vestir no dia do seu próprio casamento. O que tornava tudo pior. Depois da cerimônia os convidados receberam os cumprimentos na cantina da noiva. A mãe ensinou as receitas e a filha vem mantendo a qualidade – às quartas-feiras come-se um arroz à piemontesa sublime. O dentista e a mulher resolveram morar no andar de cima, para não pagar aluguel. E espaçaram as visitas ao cemitério. Raquel via o casal no dia dos mortos e nos aniversários dos ex-cônjuges.

Antigamente viver era menos difícil. Até em Vale Verde. O pai de Raquel reclamava da falta de pontualidade das encomendas, mas não de problemas financeiros. O que ele comprava, vendia. Hoje, não se pode dizer que a Esquina dos Calçados continue um sucesso. Incompetência? A moda mudou tanto. A clientela prefere tênis, não tem mais refinamento. As pessoas nem conhecem as delícias de um sapato feito de pelica. Os plásticos imitando couro barateiam o produto e o gosto. Pode haver coisa mais horrenda do que as sandálias de plataformas? Ela não podia se permitir o luxo de não exibir os modelos na loja. Eram os mais procurados.

Antônia Vargas comprava do bom e do melhor. Entrava na loja e Raquel sabia o que ela queria, pois costumava pensar nela, no momento de renovação do estoque. Sabe lá Deus se teria de novo alguém daquele nível. O pai falava numa cliente especial, do Vale das Flores. Ninguém sabia comprar tão bem calçados. Não apenas para si, mas para os filhos e os amantes. No plural mesmo. Eram conhecidos os seus casos amorosos. O povo contava detalhes perversos de como ela passeava de braços dados com os dois amantes, encostando a cabeça ora no ombro de um, ora no ombro do outro, das festinhas íntimas que promovia, passando filmes eróticos que importava dos Estados Unidos. O marido participava das sessões, imaginem.

Raquel admitia que já tivera pesadelos com aquela figura que jamais viu. Principalmente porque a dona teve um fim triste: um câncer a fez definhar e sofrer. Aos cochichos, dizia-se que era castigo: ninguém podia expor a própria lascívia, impunemente.

A praça dos coqueiros continua tranqüila, os bancos vazios são de uma solidão impressionante. Como ela é o retrato da solidão humana, ali, à janela, esperando um cataclisma, uma desgraça, uma bomba, um terremoto.

Quem é aquela na vidraça? Olá, tudo bem? Sem queixas. Não fosse aquele domingo parado... Por que não vai para o centro dar uma volta, tomar sorvete? Porque... porque... Preguiça. Vamos, ponha o vestido novo, o vermelho. Vai se sentir mais alegre. Ela se aborrece de viver sozinha, de não ter mais expectativas. Queria que alguma coisa a despertasse, que alguém aparecesse e modificasse os seus dias. Que tal comprar um cachorro? Um gato?

Forasteiro, ao longe. Aperta os olhos. Vai ficar à janela, disponível. É isso aí. Disponível. É capaz de oferecer um copo de água gelada, suco de goiaba, café, qualquer coisa, se ele parar para fazer perguntas – ou será alguém conhecido? Corre a passar escova no cabelo, batom, troca a sandália por um mocassim, volta à janela, ele parou diante da entrada do cemitério, deve estar admirando as frutas, agora atravessa a rua. O telefone tocou? Número errado. O forasteiro desapareceu. Raquel se lembra do aviso do quarto para alugar, na esperança de que alguém dividisse com ela a casa enorme e vazia, pois em Vale Verde ninguém comprava nem vendia propriedades, e se sentia tão humilhantemente só! Sim, o cartão estava lá, pendurado na porta, qualquer um podia ler. Não fazia aquilo por dinheiro. Queria companhia, nada mais. Companhia.

A casa foi construída pelos avós em 1930. Eles tiveram três filhos. Que saudade dos almoços de domingos, dos aniversários. Maldita viagem de navio, em que a família toda resolveu ir a Portugal! Raquel e o pai escaparam porque ela teve caxumba e não lhe foi permitido viajar. Foram os únicos sobreviventes. O resto, inclusive a mãe, morreu no naufrágio. Raquel tinha treze anos.

A campainha tocou, estridente.

– Boa tarde, Raquel. Eu gostaria de ver o quarto.

– Você! Que surpresa. Entre, Leopoldo.

– Vou precisar do quarto por alguns dias. Talvez um mês.

– Claro.

– Quanto é?

– Eu não vou cobrar nada.

– Vai, sim. Faço questão.

– Por favor, terei enorme prazer em hospedar você.

– Não é justo.

– Não se fala mais nisso. Posso ajudar você a desarrumar a mala?

– Depois.

– Você quer um suco?

– Prefiro água gelada.

– Vamos para a sala.

– Você está muito bem.

– Obrigada. Você também, Leopoldo.

– Engraçado, a sua casa não mudou. Gosto desses detalhes geométricos, das sancas retas. Em que estado vou encontrar a minha?

– Está fechada há mais de dois anos.

– Sei. Não pude vir antes. Eu estava fazendo um curso nos Estados Unidos.

– Curso? De rádio?

– Exatamente.

Ela evitava que ficassem em silêncio.

– E veio para ficar, desta vez?

– É cedo para dizer. Estou com horror de entrar lá.

– Na sua casa? Se quiser, vou junto.

– Amanhã.

– Quer dar uma volta pela cidade?

– Não. Prefiro não sair. Está tão agradável. Além do mais não quero que me vejam, por enquanto. Tenho tanta coisa para fazer. Sente-se aqui, perto de mim, Raquel. Como antigamente. Me dê a mão. Você tinha mãos lindas.

Ela ficou sem jeito, mas se deixou acariciar. Quem era aquele insensível que a abandonara e fingia que não se lembrava de nada?

– Mudei muito?

– Um pouco.

– Grato pela gentileza.

A ironia era o forte dele.

– E eu?

– Você? Amadureceu. Ficou mulher. Acho que está mais bonita.

– Obrigada. E sua irmã?

– Casada. Dois filhos. Estamos distantes um do outro. Além do mais, não gosto do marido dela.

– Você quer comer alguma coisa?

– A última vez que comi, deixa eu pensar, foi no almoço de ontem.

– Então, está morrendo de fome.

Ela o puxou para que se levantasse.

– Vamos ver o que podemos fazer. Venha me ajudar. – Leopoldo sempre foi um ótimo cozinheiro. Ela aprendeu a cozinhar com ele, quando... Esquece. Não vai pensar no passado. Ele está ali, agora, isso que é importante. Abre o armário. – Que tal penne com molho de cogumelos?

– Quem vai fazer, eu ou você?

Meu Deus, Raquel pensou, será verdade? Aquele homem é Leopoldo ou alucinação? Há pouco se chateava tanto sozinha. Tanto. Muitas vezes se iludiu imaginando que ele tinha voltado! Via alguém ao longe e corria a se arrumar. E hoje... Veja como são as coisas. Nem por um minuto pensou que podia ser

Leopoldo, chegando. Quem ia imaginar que ele viesse a pé?

– Deixei o carro na frente da oficina, pois estava com problemas. Amanhã cedo passo lá.

– Que dia é hoje?

– Domingo. 20 de janeiro.

Vontade de perguntar há quanto tempo... Não, não vai. Ele se foi há quatro anos. Quatro longos e insuportáveis anos, mais seis meses e vinte e três dias. O que precisa é fazer de conta que nada aconteceu antes. Amigos de infância se reencontrando? Com certeza.

– Enquanto a água ferve, posso ir cortando a cebola.

– Não me tire esse prazer, Raquel. Você sabe que eu gosto de cortar temperos.

Silêncio insuportável. Aquele "você sabe" denunciava a relação anterior. Olhou-o cortar a cebola, o alho – tem intimidade com todos os gestos dele. Vontade de lhe dar um beijo. Um beijo de irmã. Não, não podia quebrar a harmonia – continuou lavando os cogumelos. Era preciso que nada interferisse na paz que sentia, que esquecesse as lembranças, como se tivessem acabado de se conhecer. Devia tirar daquele momento tudo o que ele lhe oferecia. Um homem e uma mulher lado a lado na cozinha, preparando o jantar. Amanhã vai comprar roupa nova e um buquê de flores. Quer se fazer bonita e enfeitar a casa. Há quase três anos, depois que o pai morreu... Não, também não quer se lembrar de que ficou órfã. Sofreu nesse tempo todo, mas hoje está feliz. Abra a janela e grite para o mundo: eu estou feliz. Meu macho voltou! Uma temeridade pensar nisso. Talvez não queira nada com ela, tendo parado ali por preguiça de procurar outro lugar. Calma, coração. Não se assanhe à toa. Você está cheia de amor para dar. Amor represado, quando as comportas se abrem... Calma. Muita calma.

– E o cogumelo?

– Pronto.

– Jogue aqui na panela.

O barulho da cebola fritando foi abafado pela trovoada.

– Chove todas as tardes. Chuvas impressionantes. As tempestades inundam a parte baixa da cidade, causando o maior estrago – Raquel largou a garrafa de vinho que estava abrindo e foi olhar. – Pingos grossos, está ouvindo?

– Terminou de arrumar a mesa?

– Faltam os copos.

Ela pegou um castiçal, e acendeu a vela que deixa as pessoas menos duras, mais próximas.

– Obrigado pela vela.

– Posso servir você?

– Pouco.

Leopoldo sempre gostou de mesas arrumadas. Dizia que a comida ficava mais saborosa. Raquel serviu delicadamente o vinho nos copos. Há muito vinha esvaziando a adega do pai. Ele dizia que o pior português era um néctar perto do vinho italiano.

– De certa forma seu pai tinha razão.

A massa estava deliciosa, ela suspirou, precisa-se de tão pouco para ser feliz. Tão pouco. Perdia a noção de tempo, a conversa fluindo, Leopoldo falava de seu curso nos Estados Unidos, sua vida norte-americana. Podia ficar ali horas, dias, anos.

De repente ele se levantou, pediu licença para ir descansar.

– Fique à vontade.

– Estou exausto.

Raquel tirou a mesa e lavou a louça. Se havia alguma coisa que não suportava era pia suja. Aprendeu com a mãe – fechou a porta e foi para a sala. Não acendeu a luz, aproveitando a última claridade do dia. A chuva parou. O céu estava limpo, lavado. De longe chegava-lhe a voz de Maria Callas, cantando a Tosca: o amigo João Alexandre homenageava os habitantes do cemitério. Pôs o CD no carro, volume alto, para que os mortos ouvissem sua deusa. *Vissi d'arte, vissi d'amore.* Vem todos os domingos trazer-lhes um pouco de música. Os pais não o entendiam. Achavam que era retardado ou louco. Ia fazer quarenta anos e era pintor. Negava-se a trabalhar em qualquer outro ofício, não se preocupava com a aparência, andava quase como um mendigo, tinta da cabeça aos pés. Odiava dentista, e não freqüentava barbeiro nem para fazer a barba, nem para cortar o cabelo. Os pais tinham vergonha dele. Um homem tão saudável virar aquele desleixado. João Alexandre adorava andar bem calçado: trocava quadro por sapatos, como a tela do vaso de flores, aquela, em cima do sofá. Apreciava menos o gato que estava ao lado da lareira. Aos domingos, ele montava cavaletes na praça Quinze e expunha suas telas. Às vezes vendia uma. Vai ficar alegre quando souber que Leopoldo está na cidade. São velhos amigos. Maria Callas continuou a acalentar a rua com *Je veux vivre dans ce rêve.* Gounod ficaria de joelhos se a ouvisse – João Alexandre exclamou, um dia, cheio de admiração. O pouco que sabia de música aprendeu com ele, enquanto posava para um retrato. Estiveram próximos os dois, mas Raquel não conseguia esquecer Leopoldo. E, agora, não tinha vontade de que o pintor viesse para o chá costumeiro. Ficaria no escuro para que ele pensasse que não estava em casa. Não permitiria que nada nem ninguém interrompesse a paz que sentia. Maria Callas acabou a ária. Raquel pressentiu o carro de João Alexandre passando devagar – ai, meu Deus, ele parou. Será que vai tocar a campainha? O cachorro do vizinho latiu, sem parar. João Alexandre deve ter se irritado, pois ligou o motor do carro: amanhã ela comprará um osso para seu protetor.

A lua iluminou a sala, desenhando a sombra de um galho de árvore na saia branca. Por alguns segundos Raquel tentou acompanhar com os dedos as folhas inquietas e acabou adormecendo, no sofá.

2 Leopoldo empurrou o portão da velha casa da família após olhar, de um lado para outro, a rua deserta. Ouviu, com intimidade, os passos pisando nas pedras miúdas do chão, como se o andar fosse de Tito, e não dele. Quantas noites não esperara o som do pai afundando o cascalho para então dormir tranqüilo! Aquele pisar firme, prepotente, significava que tudo estava bem, que ele chegou à casa. Leopoldo se virava na cama e dormia. Lamenta não ter dito ao pai o quanto gostava dele. Medo que ele achasse que era coisa de bicha? Uma vez, uma única vez, o pai lhe deu um abraço apertado. Formatura do colégio. Ele se sentiu orgulhoso do filho. Coitado, que decepção depois.

Ao abrir a porta aspirou o bafo de mofo, um bafo acre, que o forçou a esperar alguns minutos, antes de entrar. Experimentou acender a luz, desligada, depois o telefone, mudo. Claro, ninguém pagou as contas. Os móveis não estavam cobertos com panos brancos, como ele imaginara, mas não pareciam sujos, apenas empoeirados. Se fossem de veludo, estariam gastos, como eram de couro... Tito deve ter mandado refazer o estofamento, ao se casar de novo – Leopoldo foi à cozinha, atrás de água. O cano roncou, seco. Tantas providências precisam ser tomadas, até que ele possa se instalar na casa. Tantas. Talvez fosse melhor vender a propriedade assim, enquanto sobrasse alguma dignidade, pois ainda impressionava pela sobriedade e elegância. De repente, ele sentiu um calafrio: Antônia, sentada à mesa, jogando paciência? – suspira. Ainda vai ter muitas surpresas, muitas.

Foi a mãe que exigiu ser chamada de Antônia e o pai achou engraçado ser apenas Tito. Nem Leopoldo nem a irmã se referiam a eles como papai e mamãe. Nunca. Só uma vez, que ele se lembre, caído de uma árvore, gritou "mamãe". E, quando ela morreu, disse várias vezes, em voz baixa, para ninguém ouvir, adeus mamãe, minha querida mamãe. Ela não podia mais reclamar.

Mas não quer pensar nela, agora. Mais tarde, sim. Por enquanto, ia experimentar a flauta que tanto gostava de tocar, na infância. O som encheu a sala e lhe deu uma enorme tristeza – abriu as janelas. O pôr-do-sol tingiu as paredes de um tom alaranjado. Ele se lembrava tanto daquela cor e da sensação de alegria que causava. Era um privilégio ter o pôr-do-sol dentro da sala. Só em Vale Verde era possível. Com seis ou sete anos, costumava ficar à janela, olhando as colinas, à espera daquela hora. Mais velho, nas noites de insônia, esperava a alvorada, a manhã chegando, certo de que, um dia, alguma coisa importante também ia lhe acontecer, e ele tinha medo do que seria. Antônia se colocava ao lado dele, embevecida. Leopoldo se voltou, as batidas no peito insuportáveis. Medo pavoroso do quê?

Imaginou-se de repente com os ombros caídos, o cigarro pendurado na boca, o revólver inerte na mão mole. Por quê? Que é que fizera? Quem ele pensara matar?

– Acho que estou ficando louco – a voz soou lúgubre. – Não fumo há tanto tempo.

Escurecia. Fechou as janelas e a porta, amanhã viria mais cedo, deu um passeio pelo jardim, que resistia à falta d'água, e os passos nas pedras miúdas já não pareciam do pai, mas dele mesmo. Raquel, sua querida Raquel, devia estar esperando por ele. Com a ternura de sempre. Que pessoa de caráter. Sozinha no mundo, suportava com altivez o destino que não escolhera. Sonhara em deixar Vale Verde e ir fazer teatro pelo mundo afora. Primeiro a morte da mãe fez com que precisasse cuidar do pai, e depois desistiu, porque recebeu de herança a loja que detestava e a casa onde não suportava morar. Mulher de fibra.

Tinham sido noivos, os dois, quando ele era um feliz locutor de rádio. Raquel ajudava-o nos programas: *Um tango ao cair da tarde*. Que prazer, chegar no estúdio, sentar diante do microfone e dizer: "Senhoras e senhores ouvintes, *Um tango ao cair da tarde* lhes traz hoje poemas de Vinícius de Morais e a música de Astor Piazolla". Sentia no ar a emoção transmitida. Abaixava o tom de voz, dizia os poemas murmurando. Raquel o ajudava, lendo alguns versos, com seu timbre melodioso. Fizeram sucesso, os dois, ouvidos pelos quatro Vales. No das Flores ele foi homenageado e recebeu o troféu A Voz de Veludo. No Vermelho, instalaram um alto-falante na praça, que era ligado na hora do programa, para que os namorados ouvissem juntos. E a Folha dos Vales, editada no das Águas, a única da região, dedicou-lhe duas páginas inteiras. Raquel usava pseudônimo, por imposição do pai, que sentia vergonha de ter em casa uma locutora: Diana Fernandes. Por que esse nome? Podia ser qualquer um. O importante é que ela não deixasse de ler os poemas. Ele se orgulhava de pegar o microfone e dizer: Um programa de Leopoldo Vargas, do Vale Verde para o mundo. Gostava dele ao dizer Leopoldo Vargas. Talvez agora devesse, também, adotar pseudônimo. Por enquanto é preciso ter paciência.

Raquel ainda não chegara. Leopoldo foi à cozinha, disposto a fazer o jantar. Não queria ir a um restaurante, nem ser visto na cidade. Pelo menos por uns dias.

– Me atrasei, hoje. Chegaram as encomendas. Tive de conferir a mercadoria.

– E o movimento?

– Fraco.

– Vou fazer berinjela recheada para nós.

– Eu trouxe um rosbife pronto.

Ela não contou que ficou tentada a lhe dar um mocassim de presente. Teve medo de que não entendesse. Todo cuidado é pouco, nesta fase. Ela sabe que ele é muito mal-humorado e um deslize, ainda que gentil...

– Que você achou da casa?

– Antes de mais nada, preciso mandar ligar a luz, a água, o telefone. E comprar uma mangueira para molhar o jardim.

– E aqui? – ela apontou o coração.

– Nem me pergunte. Várias vezes tive a impressão de que Antônia estava ali, ao meu lado.

Raquel baixou a cabeça. Sentiu a mesma coisa, depois que o pai morreu. Chegou a ouvir o pai tossindo, a cadeira de balanço rangendo, a água a correr na pia. Acordava sobressaltada. Levou meses para esquecer a presença dele na casa.

– Tenho vontade de contratar alguém para tomar todas as providências. Não quero falar com pessoas, fazer de conta que eu me lembro delas, rever gente que não me diz nada.

– Chame João Alexandre. Ele vai adorar.

– Ainda está por aqui?

– Está.

– Já desistiu de você?

– Não, quer dizer...

Ela ficou sem jeito. Mas não queria mentir.

– Boa idéia. Como é que eu falo com ele?

– Vai aparecer, mais tarde.

– Ele sabe que eu cheguei?

– Contei hoje.

Leopoldo pressentiu algo no ar. Sempre soube que o pintor era louco por ela. Seria correspondido? Raquel temeu ter dado a ele a impressão de que ela e João Alexandre...

Não, não ia pensar nisso. Leopoldo não tinha direito a nada. Um dia partiu, sem dar explicações. Como se fosse natural alguém ir-se embora sem dizer adeus. Na noite anterior à partida, fizeram planos para o futuro. Raquel esperou por ele. Esperou uma semana, um mês, um ano. Na véspera da morte do pai, ela entrou no quarto do hospital, certa de que o pior estava para acontecer. E o pai, já com a voz sumida, pediu: "Esqueça aquele mau-caráter, minha filha. Você ficará sozinha no mundo. Não posso morrer em paz, pensando nisso". E ela prometeu.

– Pode arrumar a mesa. Nossa berinjela vai para o forno, que já está quente.

Raquel voltou a acender a vela, arrumou o rosbife no prato, pensando que talvez a emoção de ontem não se repetia hoje. Leopoldo estava mais magro, começando a calvície, e os olhos pareciam um tanto empapuçados. As mãos, ela sempre gostou daquelas mãos de dedos longos.

– Você acabou de me olhar tão mal, tão crítica....

– Imagina.

– Olhou, sim. Quer me dizer o que pensou?

– Não. Acho que não me desliguei dos problemas da loja.

– Faz de conta que eu acredito. Você nunca foi eficiente em mentiras.

Era só o que faltava. Viveu todos esses últimos anos esperando que ele voltasse. O que lhe causava realmente estranheza é que esperara um outro Leopoldo, não aquele. Teve saudades de alguém diferente.

– Você fica bonita de vermelho.

– Obrigada. Me dá metade dessa berinjela. Tem gente aí.

– Vou ver.

João Alexandre entrou efusivo. Era um prazer rever o amigo. Raquel trouxe mais um prato, surpresa com o pintor de banho tomado, cabelo preso por um elástico, a roupa limpa.

– Que elegância – ela elogiou mais com os olhos do que com as palavras.

– Aniversário da minha mãe. Tive de me arrumar.

– Anos atrás você não fazia concessões – Leopoldo riu, simpaticamente.

– Pois é. Quem resiste? Se ninguém da família mexer comigo, estou satisfeito. Recebi uma encomenda fantástica hoje. Fazer o retrato de três filhos do prefeito de Vale das Águas.

– Parabéns.

– Salvação do ano. Hummmm. Que berinjela deliciosa. Quem fez?

– Leopoldo, claro.

Meia-noite, João Alexandre se retirou.

– Ele vai fazer com que tudo seja ligado rapidamente. Está louco para me ver longe daqui.

– Ah, essa não. Por que isso agora?

– Estou com ciúme.

Raquel olhou para ele, incrédula.

– Vamos conversar um pouco, nós dois.

– Desculpe, Leopoldo. Estou tão cansada. Amanhã, sim?

Ele queria se aproximar, abraçar Raquel, e se conteve. Por sua vez, ela teve medo de ficar a sós com ele. Teve medo de que, de repente, ele a beijasse.

Quando Leopoldo acordou, ela não estava mais em casa. Uma pena. Levantou-se com vontade de abraçá-la, de pedir perdão pelos anos de ausência. Sentia renascer dentro dele o mesmo amor de antes, o mesmo desejo de que fosse sua mulher para sempre. Aliás, não pensou em se casar com nenhuma outra. Amou várias mulheres, mas nunca desejou se casar. Com Raquel o casamento lhe parecia possível, ainda que não soubesse definir por quê – atravessou a rua, quase correndo.

A Casa da Encosta lhe pareceu menos desoladora naquela manhã. Abriu as janelas laterais, as da frente não, para que nenhum vizinho viesse importuná-lo, escancarou as portas, varreu o chão e tirou pó dos móveis. Não tinha pressa. Queria se apossar das coisas aos poucos. A irmã fora explícita. Vá lá, se instale, venda a propriedade, faça o que quiser. Nos armários, as roupas do pai continuavam penduradas. Leopoldo experimentou um paletó, depois uma calça. Dúzias e dúzias de camisas permaneceram dobradas, intatas. Não amarelaram porque alguma alma caridosa protegera uma por uma com sacos de plástico. Quem teria sido? A segunda mulher? Aquela da fotografia? Ele pegou o porta-retrato e examinou a foto detidamente. Era bonita a moça, sem dúvida. Um pouco vulgar, talvez, naquela pose sensual, recostada no sofá. Ele se sentiu atraído. Há tanto tempo não estava com uma mulher... O velho tinha gosto. Deu as costas para a foto e se lembrou de uma gaveta onde deviam estar todas as fotografias da infância, da mãe. Não encontrou nada. A mesma alma caridosa deve ter escondido tudo.

O som da gaveta fechada, com força, ecoou pela casa. Leopoldo virou-se assustado.

– Tem alguém aí?

A cama do casal estava coberta com uma manta de lã xadrez. Foi então ao quarto que era seu, transformado em sala de televisão. Nada ali denunciava o antigo dono – suspirou aliviado. Nada. Ele teria de se instalar no quarto do pai. E o da irmã? Lá estavam a cama, a penteadeira e o armário, desoladoramente solitários. Cama com colchão à mostra parece cama de defunto. Ele procurou lençóis na rouparia do corredor – ah, pelo menos isso continuava igual – e escolheu uma colcha de gorgorão branco. Quarto arrumado, tirou o pó da sala de jantar. No lugar da antiga cristaleira de vidro, aparador de vidro apoiado em dois pés de alabastro. A mesa e as cadeiras foram igualmente trocadas. As atuais não eram nem bonitas nem feias. Discretas. A tal moça do retrato não devia ser a tola que ele pensou. Bastante simpática a decoração da casa, ainda que pouco ou quase nada tivesse valor de venda. Leopoldo lastimou a perda dos móveis anteriores, mas reconheceu que a limpeza ia de vento em popa. Dentro em pouco estaria pronta – ele se sentou, depositando o espanador e a flanela no colo.

Lembrou-se de um sonho, que de vez em quando tem. Mulher, de preto, correndo no jardim, puxando-o pela mão.

– Calma. Temos a noite inteira.

– Não temos, não.

Lua cheia ilumina o quarto. Ele a despe com sofreguidão. O corpo, muito branco, se confunde com a luz da lua. Ele fica petrificado. Ela o olha implorando que a toque.

– Por favor, me faça feliz.

Ele ignora como e começa a suar. O corpo todo molhado. Ela abre as pernas e se acaricia. Ele parado, sem saber o que fazer. A mulher ri.

Leopoldo se levanta – quem consegue entender os sonhos? – para ver quem gritava no portão. João Alexandre acena para ele. Está acompanhado de duas pessoas. Em minutos a casa tinha água e luz.

– Maravilha, cara. Eu nunca seria tão rápido.

O pintor sorriu.

– Já experimentou o telefone?

– Também está ligado?

– Não sei.

Leopoldo levanta o aparelho.

– Perfeito. Como é que você conseguiu?

– Segredo profissional.

– Como vão indo as coisas para você?

João Alexandre disse que aquele ano não podia se queixar. Antes, pensava que devia sair de Vale Verde, hoje está convencido de que não faz sentido. Você foi e acabou voltando. Adiantou alguma coisa ter ido embora?

– Depende do ponto de vista. Sente-se. Fiz um curso interessante nos Estados Unidos.

– Prefiro ficar aqui, na janela. Eu quero muito pouco desta merda de vida, sabia? Quero paz e sossego para pintar. Apenas isso: pintar. Não posso perder tempo atrás de sobrevivência. Descobri que o sucesso não me atrai, que detesto o meio artístico, o convívio com artistas e donos de galerias.

– Faz parte da profissionalização. Você não quer fazer exposições?

– Não. Eu só quero pintar. O que posso fazer em Vale Verde, onde minhas necessidades são mínimas. Consigo meu próprio sustento sem sofrer. Anos atrás tentei ir a São Paulo, que horror, aquilo não é cidade, é um pandemônio, o caos absoluto, voltei logo para meu canto. Você também chegou a essa conclusão?

– Não sei, João Alexandre. Minha idéia era vender a casa.

– E o que fez você mudar de planos?

– Ainda não mudei. Eu gostaria de voltar a trabalhar em rádio.

– Fale com meu tio, que acha você o maior talento de radialista que já conheceu.

– Como ele está?

– Ótimo. A Rádio Vale Verde continua líder na região.

– Então não vou estragar. Me enfiaram muitas idéias modernas na cabeça.

– Converse com ele. Você não perde muito.

– Daqui a uns dias.

– Aquelas nuvens não me enganam. Vai chover hoje.

– Será?

Os dois ficaram em silêncio, olhando a paisagem. A bucólica paisagem de Vale Verde.

– Que horas são? – João Alexandre perguntou, reclamando de dor no estômago. – Estou morrendo de fome. Não tomei café.

– Também estou com fome.

– Vamos almoçar.

– Por enquanto, não tenho o que oferecer. Mais tarde faço umas compras.

Mas continuaram parados, à janela. Leopoldo com a expressão tensa, as faces chupadas, emagrecera tanto nos últimos anos; João Alexandre continuava forte, troncudo, os olhos lentos, no rosto largo. Sabiam que deviam evitar o tema Raquel. Leopoldo preferiu viajar, conhecer outros países, como o pai quis, reconhecia plenamente seu erro, suspirou, a falta de coragem de se despedir, uma fraqueza, poxa, ela estava cheia de expectativas, ele se apavorara com a responsabilidade do casamento, a certeza de ter de agüentar o sogro viúvo para o resto da vida. Apesar de tudo, pensara em Raquel com carinho todos esses anos, sentira saudade e desejo de telefonar, pedir desculpas, cadê ânimo? Como é que diria que um dia talvez voltasse, se nem ele acreditava naquilo? João Alexandre era candidato a se casar com ela, desde a adolescência. Ele a considerava pessoa inteligente, sensível, íntegra. Sofreu, com a opção dela pelo locutor e os dois apenas se aproximaram depois que o outro se mandou. Ele acreditava que... Não, agora não podia mais criar ilusões.

– Onde vamos almoçar?

– Abriu uma cantina na rua das Avencas.

O céu se carregava de nuvens densas e escuras. Eles andavam pela calçada, como se não se dessem conta do temporal que se anunciava. Iam em silêncio, atemorizados com a possibilidade de que repentinamente um deles falasse em Raquel.

Leopoldo entrou no restaurante, ofegando.

– Você está fora de forma. Uma caminhada tão curta.

– Verdade – ele olhou em volta. – Que sorte, não tem ninguém.

– Pavor de encontrar alguém em especial?

– Não, João Alexandre. Tenho de me preparar psicologicamente para as pessoas falarem de Tito, do que aconteceu na festa. Sou como meu pai: detesto frivolidades. Além do mais, não quero que me convidem para nada. Se souberem que estou na cidade, adeus sossego. Um dos motivos pelos quais tínhamos combinado, minha irmã e eu, de vender a casa... Mas é tão bonita. Não sei se terei forças. A casa mexe muito comigo. Me faz pensar em Antônia, no quanto fomos felizes todos juntos.

João Alexandre pegou o cardápio.

– Você quer massa?

– Escolha. E uma salada verde também.

Novamente eles ficaram quietos. Enquanto esperavam os pratos, João Alexandre perguntou a Leopoldo se não gostaria que ele fizesse os retratos de Tito e de Antônia. Bastaria uma foto. O outro concordou.

– Por que você não dá um pulo no meu ateliê? Vai se surpreender. Meu trabalho mudou.

– Amanhã, no fim da tarde. Não sei ainda onde encontrar retratos dos velhos.

3 Raquel, chegando do Banco, correu para fugir da chuva. Abriu rapidamente a porta da loja e procurou um pano para enxugar a roupa e o cabelo. Desde cedo sentia opressão no peito. Como se temesse que algo incontrolável fosse acontecer. A presença de Leopoldo deixava-a insegura. Primeiro, porque se sentia, de novo, atraída por ele, e também porque não queria criar problemas com João Alexandre, ainda que ele soubesse que a antiga relação nunca terminara. Raquel fora realmente apaixonada pelo ex-noivo e nunca escondeu o fato. Nem precisava.

Eram amigos os três, desde a adolescência, quando ninguém pensava ainda em amor. Iam ao cinema juntos, a piqueniques, a festas. Mais duas pessoas faziam parte do grupo: Cabral, que virou escultor e dentista e foi morar na França, e Lorena, a cantora, que sumiu no mundo. Nunca mais ouviram falar dela. O bando dos artistas – os desgarrados, foi o pai dela quem os chamou, pela primeira vez, assim – ficara reduzido. Raquel declamava poemas em festas familiares; Leopoldo transmitia jogos imaginários de futebol, noticiários, imitava locutores; João Alexandre pintava paisagens, pois ainda não se atrevia a desenhar figuras humanas. Depois, outros se integraram ao grupo, como Marinho, o primeiro namorado de Raquel, primo de João Alexandre, que a levou a fazer um teste na Rádio Vale Verde. No começo, ela devia ler cartas enviadas por ouvintes que pediam conselhos. As cartas foram radiofonizadas e ela representava o papel das missivistas mulheres, enquanto os papéis masculinos cabiam a Marinho. O programa era sucesso, mas uma febre desconhecida derrubou o namorado. Foi então que Leopoldo assumiu o lugar do amigo doente. Não demorou a ter sua própria audição e se tornar diretor da programação geral da emissora. A intimidade com Leopoldo, na cabine, transformou a amizade de infância em namoro, carregado de culpa, porque Marinho, com câncer, estava desenganado. Período difícil, aquele. E, ao mesmo tempo, cheio de emoções. Como se a traição a Marinho fosse o grande estímulo para a nova relação amorosa – Raquel tentou se distrair, não gostava de pensar naquela época. Até hoje se angustiava.

Dia parado. Não aparecia ninguém na loja. Bastou pensar para o freguês perguntar:

– Tudo bem, Raquel? Preciso de doze pares. O patrão quer dar para o pessoal da fazenda.

– Trouxe a relação dos números dos sapatos?

– Está aqui.

Raquel preparou os pacotes e colou etiquetas com os nomes.

– Algum motivo especial?

– O de sempre. O pessoal trabalhou bem, a fazenda voltou a dar lucro. Aliás, você está convidada para o almoço de sábado.

– Obrigada, já aceitei outro convite.

– Pena. O patrão ia gostar que viesse.

Raquel chegaria em casa antes da hora habitual, pois fechara mais cedo, e estava chovendo. Há dias em que a gente pode se permitir certas liberdades – o pai dizia, piscando para ela. Não é? O velho sabia das coisas. Ela não agüentava ficar na loja hoje, aflita para chegar em casa, fazer o jantar, abrir uma garrafa de vinho, se preparar para que algo acontecesse. Desde que Leopoldo voltara, ansiava por uma conversa franca, olho no olho, sem timidez, sem medo. Queria equilibrar as emoções estranhas que sentia.

Ontem viu que uma flor solitária e improvável brotara entre as pedras da calçada e se emocionou. Pensou na tia, irmã do seu pai, que ignorava ser míope, e que aos quinze anos, usando óculos pela primeira vez, descobriu estrelas no céu e chorou. Como era possível? Ela também estava ali, debruçada sobre a flor, estupefata. Apressou o passo. Um torniquete no peito. Não era mais criança, não podia se dar o luxo de se enganar, de novo. Não podia. A chuva molhava seus ossos, ela estava tão frágil, desguarnecida. Uma mulher comum, sem nada de especial, do interior. Teve vontade de pintar o cabelo, de passar esmalte escuro nas unhas, de usar um vestido colante, sensual. Ela entraria na sala, olharia para Leopoldo com lascívia, sentaria com a perna entreaberta, em posição de oferenda. Que vontade de se sentir atraente, pelo menos uma vez na vida. Fêmea. Isso que ela queria ser, uma fêmea – ansiosa, vai para o quarto e se joga na cama. A gente se conhece tão pouco. Esse desejo absurdo de ser amada, de repente. Por que agora? Levanta-se, escancara a porta do armário, nada ali podia ser usado. Nada. Liga a água do chuveiro. Um banho daria jeito naquela angústia. Enquanto se ensaboa, lembra-se de um corte de seda chinesa que a mãe guardava. Onde estava? Onde? O estômago doeu. Que fome. Não tinha comido o dia todo. O curioso é que, naquele exato momento, não tinha certeza de que queria ser abraçada por Leopoldo. Queria um homem, isso sim. Fosse quem fosse. Simplesmente um homem. Estou ficando louca. Onde já se viu tanto despudor? E precisava se cuidar para não pôr tudo a perder. Não podia se oferecer – não podia. Amarrou uma toalha no corpo e outra nos cabelos. E, ao espelho, viu um rosto vivo, de traços bem feitos, os lábios carnudos, os olhos brilhantes, como se estivesse com febre. Não desgostou de si. Não era bonita, mas... Estava longe de ser feia. Talvez devesse fazer um pouco de ginástica. Ou de natação.

– Alguém em casa?

A voz de Leopoldo.

– Já vou. Estou saindo do banho.

– Também vou tomar um.

– Oi, Raquel. Posso me servir um uísque?

– Sirva-se, João. Você conhece a casa.

Ah, se Cabral e Lorena estivessem aqui. Eles se divertiriam tanto juntos. Por onde andariam? A última vez que tivera notícias, Lorena cantava nos Estados Unidos, numa cidade perto de Chicago.

– Está casada com um professor de português, Raquel, e é mãe de um menino. Todo ano ameaça vir ao Brasil, mas morre de medo de não conseguir depois se adaptar a viver no exterior.

A mãe mandava as novidades musicais, inutilmente. Estava presa à bossa nova. Às vezes arriscava cantar alguma coisa da Gal ou da Bethânia, ensaiava as canções muito tempo. Acabava desistindo. Há alguns meses, ao comprar um sapato, a mãe disse ter recebido uma carta da filha prometendo vir para os seus sessenta anos.

– E quando a senhora vai comemorar?

– Em maio.

– Que ótimo. Estou louca para ver sua filha.

– Ela sempre manda lembranças para você e para o João Alexandre.

Lorena e Cabral foram, de certo modo, o estopim sexual do grupo. A primeira relação amorosa. Um dia, no cinema, Raquel viu Cabral levantar a saia de Lorena e sentiu-se inchar, como se a mão peluda deslizasse pela sua perna. A amiga se entregava às carícias, lascivamente. Raquel se levantou e foi sentar-se sozinha em outro lugar. Ardia de desejo de alguma coisa que desconhecia. Queria ser tocada, abraçada, beijada.

Raquel vestiu calça e blusa pretas, e amarrou um lenço no pescoço.

– Às vezes eu esqueço o quanto você pode ser bonita – João Alexandre beijou-a do jeito que não gostava, no canto da boca. Fazia de conta que ia beijar na face e encostava no lábio. Aquilo, que sempre a deixava mal-humorada, hoje não a afetou.

– Obrigada, querido. Passou bem o dia?

– Muito bem. Leopoldo pode ir para a casa dele se quiser. Tudo está absolutamente em ordem.

– Eu sabia!

– E amanhã ele vai conversar com meu tio, na rádio.

– Ele resolveu ficar de vez?

– Não sei.

– Ele está indeciso. Você gostaria que ele ficasse, não é?

Não venha com insinuações. Você sabe que eu sempre... Não vou falar nesse assunto. Por enquanto, nada aconteceu. Somos dois amigos. Não falamos do passado.

– Não?

– Verdade.

– Eu amo você. A presença dele aqui me deixa inseguro.

– Não me venha com exigências. Nunca escondi meus sentimentos.

Leopoldo, que ouviu o diálogo, apareceu na sala.

– Qual é o menu?

Raquel viu a lua enquadrada pela janela exclamou "olhem a lua". Por segundos, os três ficaram imóveis, cada um com seus pensamentos. Leopoldo lembrou-se de um piquenique, feito com o pai, na infância. Uma recordação ruim, ele desconhece por quê.

– Lua nova.

– Acho que é cheia. Você tem calendário? – João Alexandre perguntou.

– Desculpe. Não tenho.

Raquel lembrou-se de um passeio que ela e Marinho fizeram. O carro quebrou e eles tiveram de caminhar a pé os dois quilômetros que faltavam para chegar à cidade. O luar os ajudou. E João Alexandre pensou na beleza do cemitério com aquela luz. A avó devia estar exultante: adorava noites claras. Ele a tinha pintado com um vestido longo azul, peles pretas nas mangas e na gola e chapéu de abas largas. A luz branca iluminava o nariz e a boca, deixando de propósito os olhos na penumbra. A tela original estava no seu ateliê, mas uma foto enfeitava a capela do túmulo.

Leopoldo interrompeu o silêncio, oferecendo uísque a Raquel. O barulho do gelo no copo trouxe para a realidade os três amigos.

– E o que vamos comer?

– Cabelo de anjo na manteiga.

– Não acredito, Raquel. Isso vai me fazer regredir à adolescência – João Alexandre sentou-se, rindo.

– Eu também vou ter a maior regressão. Minha mãe fazia domingo sim, domingo não, cabelo de anjo no molho, na sopa, no forno. Era sempre uma surpresa.

– Você o prefere de outra maneira, e não na manteiga com alho, Leopoldo?

– Não, por favor. Está ótimo assim – ele olhou pela janela a rua deserta.

E pensou no quanto gostava das noites iluminadas de Vale Verde. Só ali o luar não era idiota. Não, ele nunca foi sentimental. Aliás, tinha horror de sentimentalismos baratos. Uma namorada, nos Estados Unidos, chorou emocionada com o luar. Rompeu o namoro logo. Não suportava esse tipo de coisa. Apenas reconhecia que em Vale Verde a luz da lua, atravessando as árvores, criava um desenho especial nas calçadas. E mostrava o quanto a cidade era triste e perdida no mundo. Nada a tinha enfeado mais do que a nova estação rodoviária com o teto de calhas modernosas apoiadas em vigas de concreto. Uma pseudo-arquitetura, copiada de revistas especializadas, por algum desenhista medíocre. O resto permanecia igual: a velha praça com sua figueira centenária, as construções baixas – o único prédio é o da escola Tito Vargas. O prefeito atual – colega dele de colégio – fez uma campanha de maquiagem da cidade, e a prefeitura deu vantagens fiscais para os comerciantes que pintassem as fachadas de suas lojas. E todos os pontos de ônibus, os telefones públicos, os bancos de praça foram igualmente pintados – o que lhe tirou o ar antigo, que os velhos moradores não gostavam, e deixou-a com cara de cenário de filme. O edifício mais bonito é o da cadeia, uma construção colonial, incrustada na colina. Antigamente era um convento, mas um crime fez com que as freiras se mudassem. Contam que, em 1942, a mais nova delas foi morta e picada em pedaços, que foram encontrados aos poucos, em lugares inimagináveis. A Madre Superiora pôs um anúncio na Gazeta do Vale Verde pedindo à população que a ajudasse na reconstituição do corpo. A freira foi violentada antes de ser assassinada, de acordo com a opinião do médico legista. Uma santa, a Madre Superiora garantiu. A população se mobilizou e cada dia alguém encontrava uma parte dos braços, da bacia, em meio às folhagens dos jardins, das praças, na beira do rio. Tão longe assim? Como era possível? Por mais que procurassem impressões digitais do assassino, nada conseguiam. Aquilo tinha sido coisa de profissional. De um tarado perigoso – as mães se benziam, e fechavam as portas e janelas com mais cuidado. Imagine, na então Vale Verde todo mundo dormia sem passar tranca. Durante anos se falou no assunto. A ordem das freiras se mudou, a prefeitura comprou o prédio para instalar a Cadeia Municipal. Um crime perfeito. Até hoje os velhos rememoram o caso da freira, jurando que era mais bonita e pura do que a Santa Maria Goretti, e que merecia ser canonizada. Mas quem sabe o que se teria passado? Um detalhe impressionou: as mãos e os pés nunca foram achados.

– Um quadro pelos seus pensamentos – João Alexandre brincou com Leopoldo.

– Me lembrei do crime da freira.

– Curiosamente eu também pensei nisso – ele disse. – Parece que ficamos marcados.

– Não sei quantas vezes Antônia contou o caso. Enriquecia sempre a história com detalhes novos. Uma vez imaginou que o assassino poderia ser o jardineiro do convento que, ao ouvir a freira tocar o órgão da capela, tinha se apaixonado.

Raquel riu.

– Minha mãe achava que fora uma das freiras, invejosa da beleza e bondade da outra.

– Pois eu ouvi que o próprio pai era o culpado, quando ela disse que não queria mais ficar no convento.

– Bom, e aquele cabelo de anjo? Estamos mortos de fome ou não?

O jantar terminou tarde. João Alexandre não dava a menor demonstração de querer ir embora. Previa que aqueles dois podiam acabar nos braços um do outro e sentiu incontrolável ciúme. Não, não tinha o menor direito.

Sempre soube que Raquel não esquecera Leopoldo. Que aceitava sair com ele porque se divertiam juntos, apesar de que a pedira em casamento mais de uma vez. Agora via a amiga com os olhos brilhantes, o rosto corado. Há muito tempo ela não estava tão feliz. Fez o possível para contar histórias engraçadas, encompridar o tempo. Mas devia se despedir.

– Vou indo. Até amanhã, Leopoldo. Nos encontramos na Rádio.

– Até amanhã, João.

– Obrigado pelo delicioso jantar, Raquel.

De repente, os dois ficaram a sós na sala. Raquel se experimentou sem assunto, tímida e atemorizada. Tratou de tirar a mesa, lavar os copos, tão gostosa a água escorrendo sobre as suas mãos aflitas.

– Você tem de fazer isso agora? – Leopoldo se aproximou.

– É rápido. Não gosto de deixar copos sujos.

Leopoldo deu-lhe as costas e voltou para a sala.

O que ele realmente queria era acariciar aquele rosto desprotegido, passar sua mão delicadamente nos olhos úmidos, despertar de novo o amor represado que ele já conheceu um dia, a única mulher capaz de se dar integralmente, jamais encontrara outra igual, nem outro corpo que se entregasse tanto. Por que ele fugira dela? Por que a abandonara sem a menor consideração? Teria, ainda, alguma chance de reconquista?

– Pronto. Acabei.

– Venha se sentar aqui perto de mim.

– É tarde, Leopoldo.

– Só uns minutos. Venha.

4 Raquel sentia crescer o antigo amor por Leopoldo, com a mesma força, a mesma profundidade, e a primeira coisa que pensou é que aquilo era um tumor que precisava ser extirpado urgentemente, antes que fosse tarde, não queria se iludir outra vez, mais dia, menos dia, ele podia ir embora, e ela, alma penada, urraria de dor, o amor um fenômeno que modifica totalmente o seu corpo e a sua mente, como foi se envolver de novo? – ouve o próprio grito ecoando pela cidade, vê sua imagem desesperada a vagar pelas ruas como uma doença. Foi assim que ela se sentiu quando Leopoldo a deixou. Logo pensou que agora podia ser o contrário. O amor talvez lhe devolvesse os melhores sentimentos, apagando-lhe da memória todas as desilusões. O que aconteceu depois que Raquel o aceitou de volta não era mentira, nem o reencontro amoroso dos dois.

Leopoldo vinha da Rádio cansado, mas com uma certa euforia, pois conseguia implantar algumas novidades aprendidas nos Estados Unidos.

– Você quer voltar a fazer aquele nosso programa, Raquel?

– Nosso programa?

– Claro que ele vai ser reformatado, na essência não muda nada.

– Quero, sim. Sempre gostei de ler poemas e, especialmente, as crônicas. Senti muita falta...

– Não precisa falar.

Acordo tácito, os dois não tocavam no sumiço dele, nem na relação de Raquel com João Alexandre, naqueles anos todos. Leopoldo não queria perder o amigo, nem tornar verdadeiras ocultas suposições. E ela preferia manter as hipóteses. Confissões não faziam parte do reencontro, pelo menos naquela fase.

Leopoldo tomou posse da casa e, às vezes, ela ia passar o fim de semana lá. Aos poucos, as janelas seriam arrumadas, o portão estava pintado, a propriedade dos Vargas voltava à sua imponência, perdendo a aparência de deterioração. E tudo continuaria bem se a campainha da casa de Raquel não soasse.

– Que saudades – Lorena entrou, seguida por João Alexandre, que andava sumido, pintando retratos.

– Que surpresa. Quando é que você chegou?

– Ontem.

Raquel estava realmente espantada com a amiga.

Como mudara. Se a encontrasse na rua talvez não se desse conta de que aquela mulher vistosa, cabelos crespos pintados de vermelho, corpo escultural fosse a mesma Lorena magra, feiosa e tímida de anos atrás. Não que estivesse bonita, longe disso, construíra um tipo.

– Olha quem chegou, Leopoldo.

Ele pareceu deslumbrado.

– Você é mesmo a Lorena?

– Em pessoa. Vocês não imaginam o quanto me sinto ligada a esta cidade. Me vi dobrando a esquina, com sete, oito anos, jogando amarelinha com você, Raquel, cheguei a ouvir nossas risadas, andando de bicicleta com João Alexandre e Leopoldo. E senti uma saudade do Cabral – por onde é que ele anda?

João Alexandre contou que Cabral ia chegar amanhã, e que a mãe dele telefonara convidando os três para jantar.

– Quero que meu filho fique muito feliz aqui.

– Que coincidência. Será que estamos comemorando alguma coisa sem sabermos o quê?

– Bem – João Alexandre riu – podemos inventar uma comemoração. Por exemplo: vinte e cinco anos de amizade.

– Que só existe porque ficamos longe uns dos outros – Leopoldo resmungou.

O papo corria solto, Raquel percebeu que Lorena jogava seu charme em cima de Leopoldo, e em cima de João Alexandre, e ficou, de repente, com ciúme. Imagine, àquela altura da vida, sentir ciúme de Leopoldo e de João Alexandre ao mesmo tempo. Como se ela quisesse os dois. E não queria? Leopoldo era a incógnita, não confiava nos sentimentos dele. João Alexandre, a certeza. De uma determinada maneira, Raquel experimentava mais o sentimento de inveja do que de ciúme, doía ter de reconhecer. Lorena impressionava: bem vestida e sofisticada. Os ares norte-americanos lhe davam estranha aura. Ou seria a maternidade? O marido?

– Conte para nós, Lorena, sua vida nos Estados Unidos.

– Sem mistério. Uma vidinha calma. Moro perto de Chicago, em Evanston, onde canto em alguns lugares. Canto por prazer, apesar de ganhar um dinheirinho razoável. Bossa nova. Tentei, inclusive, mudar o repertório. Não deu. Meu filho, que está com sete anos, é absolutamente americano, não fala português. Entende tudo o que eu falo, mas não abre a boca. Vocês vão ver. Minha mãe está horrorizada, quer se comunicar com o neto e não consegue. Espero que a estada aqui desperte nele o desejo de falar português. Meu marido, que é professor universitário, dirige atualmente o Departamento Latino-americano. Por isso só vem na próxima semana. De tantos em tantos anos, não sei quantos, os professores são obrigados a assumir a chefia, coisa que o Norman odeia. É a fase mais infeliz da vida dele. Não temos muito dinheiro, mas viajamos sempre para a Europa, o apartamento é nosso. Adoro morar nos Estados Unidos. Adoro. Você não gostou também, Leopoldo?

– Confesso que não. Detesto Nova York. Aliás, não suporto cidades grandes.

– Nisso nos entendemos – João Alexandre concordou. – Vale Verde é a minha medida.

– Se fosse um pouco menos provinciana, menos perdida neste fim de mundo – Lorena exclamou. – Não que Evanston seja muito maior, mas é muito mais bonita.

– E mais fria.

– Com certeza. Temos seis, sete meses de inverno. E eu gosto, sabiam? Me acostumei. Que tal sairmos os quatro? Vamos beber em algum lugar? Ainda existe o Pindorama?

– Fechou há muitos anos – João Alexandre contou.

– O melhor lugar é o Xilindró. Fica perto da antiga cadeia, lembra?

– Eu não tenho vontade, mas vocês podem ir.

– Fico com você, Leopoldo. Também não estou animada.

– Calma, pessoal. Só fiz uma sugestão.

– Acompanho você, Lorena.

– Então vamos, João Alexandre. Quero ver a cara das pessoas daqui, se reconheço alguém. Amanhã a gente se vê, Raquel. Vou visitar sua loja.

– Tudo bem.

Depois que eles se foram, Leopoldo abraçou Raquel com carinho. Sentia-se culpado de se deixar seduzir pela amiga?

– Imagine. Você está ficando louca.

– Viu o jeito que ela cruzava as pernas? Queria mostrar tudo. E as debruçadas em cima de você, os peitos saltando fora do sutiã. Pensei que ela fosse dar o seio para uma mordida, sei lá.

– Está com ciúme, Raquel?

– Um pouco. De você e do João Alexandre. Os dois ficaram fascinados pela feiticeira de cabelo vermelho. Nossa, vocês babavam.

– Venha cá, venha. Não gosto nem um pouco de mulheres exibidas. Gosto de mulheres discretas, que escondem os encantos.

– Não parece. Será que o Cabral nos reserva alguma surpresa também?

– Amanhã você vai satisfazer a curiosidade.

* * *

O dia amanheceu azul lavado, como há muito não se via. Raquel soltou a porta pantográfica, contente.

Nem pressentiu a chegada de Cabral, que a abraçou por trás, tapando-lhe os olhos.

– Quem é? – a voz em falsete, para não ser identificada.

– Não sei.

– Tente.

– Realmente, não sei – ela conseguiu se soltar.

– Cabral! Tão cedo na rua?

– Cheguei de madrugada. E estava louco para ver a cidade. Passei no cemitério – as laranjeiras cheias – pela sua casa, você não estava, e aqui me tem, querendo ganhar um beijo.

– Vou jantar com você, hoje. Sua mãe contou?

– Contou, sim. Leopoldo, João Alexandre e Lorena vão também?

– Nós todos. Comemoração de mais de vinte e cinco anos de amizade, Cabral.

– E a Lorena, como está?

– Você vai levar um susto. Mudou tanto.

– Perguntou por mim?

– Óbvio. Não tínhamos notícias suas há anos.

– Estou morando em Cassis, uma cidade à beira-mar, no sul da França. Continuo fazendo esculturas. Vendo tudo o que faço.

– Não é mais dentista?

– Não. Ser escultor dá muito trabalho.

– Você se casou?

– Sou divorciado.

– De uma francesa?

Ele confirmou.

– Filhos?

– Não – fez um ar irônico.

Raquel sentiu que não devia continuar com as perguntas. Ofereceu um *capuccino*, a água não demora a ferver, ele não aceitou, ia passar no consultório do seu velho médico, tinha hora marcada, andava se sentindo tão fraco, às vezes febril, já não somos mais crianças, acabou a garantia dos quarenta anos, brincou, agora devemos todos nos aprontar para as mazelas da segunda idade, não é? – sorriu – tchau. Até à noite. E Raquel conjeturou se naquele sorriso não havia algum vestígio de dor. Ou seria imaginação? Eles se despediram carinhosamente, e ela se lembrou do sonho que tivera. Um sonho esquisito, sem pé nem cabeça. Ela estava sobre uma ponte, olhando a água do rio correr; a água lamacenta, como se tivesse acabado de chover, pesada. E ela teve então o impulso de subir no parapeito, e se jogar na água repugnante. Por quê? Que inclinação era aquela? A cabeça um redemoinho, reconheceu, tentando ver seu rosto refletido na lama, inutilmente, ela se sentiu tão sozinha, tão desamparada, não havia objetivo na vida que levava, alguma coisa muito importante fora deixada de lado, ela não tinha idéia do que podia ser... – apalpou o rosto disforme, de quem era aquele rosto? Não o conhecia, pelo tato, como se a pele fosse de outra pessoa, os olhos não fossem amendoados, mas redondos, os peitos pequenos, ela sempre achara os dela enormes, estava encolhendo, daqui a pouco precisaria de alguém que a segurasse no colo! – a sensação de perda de altura a fazia sofrer. Sofrer muito.

– Oi, Raquel, tudo bem? Vim buscar minha encomenda.

Ficou aliviada com a presença da cliente.

– Pois não. Aqui está. Volte sempre.

Aquele sonho não parecia ser seu. Também não podia ser de outra pessoa. Por que a atração pelo lodo? Significava o quê?

O dia custava a passar, Raquel olhou triste para o retrato do pai, pendurado na parede. Uma tristeza profunda de alguma coisa que ela não sabia o que era. Não, não tinha nada a ver com o pai. Sentia aquela dor desde o seu nascimento, talvez. E não contou para ninguém. Não gostava de se expor. Melhor que a guardasse, como um segredo, para si. Certa vez, aquele sentimento de tristeza fora tão grande, que ela teve uma vertigem. Sensação igual àquela da atração pelo lodo.

Às seis horas, finalmente, fechou a loja e se dirigiu para o lugar combinado: o bar Xilindró. De lá iriam todos ao jantar da mãe do Cabral. Raquel tomou uma ladeira – o caminho mais curto, ainda que soubesse que podia chegar soltando os bofes. Em geral evitava pegá-la, pois sempre tinha a impressão de que era seguida. Uns dois ou três crimes tinham sido cometidos ali, e as pessoas fugiam do atalho. Hoje ela quer chegar rápido ao local do encontro. E ainda é cedo.

Mal começa a subida, ouve passos. Passos pesados, masculinos, ecoando nas pedras. Raquel não olha para trás, queria vencer a subida íngreme. Alguém se aproxima? Ela se arrepende profundamente de ter escolhido a Ladeira das Sombras, como era conhecida. Só há uma saída: voltar-se e encarar o seu perseguidor. Avança mais um pouco, até a porta da padaria e então... São poucos metros. Ela está com a féria do dia na bolsa. Se for assaltada entrega o dinheiro todo sem hesitar. Afinal a sua vida vale mais, ou não? O importante é que não se assuste. Que mantenha o sangue-frio. Que o seu coração pare de bater tão forte. Que falta de equilíbrio! Ela não pode se assustar com tão pouco. Ah, meu Deus, por que pegou o atalho? Do que ela tem medo, de um assalto ou de um estupro? Àquela hora, nada poderia acontecer. A não ser que ela fosse puxada para aquele corredor cheirando a mijo. Já sabe o que vai fazer. Na porta da padaria, na esquina, ela vai se virar e encarar o agressor. Agora falta pouco. Pronto. Sobe os dois degraus e olha para trás.

– Seu José?

O farmacêutico ofegante, com o pacote na mão, se aproximou.

– Minha mãe mandou estas ervas para a senhora.

– Que susto você me deu.

– Desculpe. Raquel anda rápido demais. Deve gozar de ótima saúde.

– Pelos remédios que eu tomo, sabe que é verdade – ela sorriu, aliviada. – Amanhã telefono para sua mãe, agradecendo.

Aos poucos a tensão diminui, o coração se acalma. Ela pode apreciar o fim de tarde, o céu vermelho, antes de chegar ao Xilindró, onde João Alexandre e Cabral a esperavam.

– Você está linda, Raquel.

– Muito obrigada, João Alexandre. Vim direto da loja. Não tive ânimo de ir para casa, trocar de roupa, Cabral.

– O que seria completamente dispensável. Minha mãe ficaria sem jeito se meus amigos resolvessem se emperiquitar.

– Ninguém sabe como virá a Lorena!

Neste momento, ela e Leopoldo irrompem no bar.

– Falou do diabo o rabo aparece.

Lorena está de vestido vermelho vivo, que combina com a cor do cabelo: o decote amplo expõe os seios bronzeados e a minissaia as pernas finas e longas. Raquel nota que Leopoldo e ela entram sorridentes, de braços dados. Não nega que sentiu leve irritação com aquela alegria toda. Ele costuma ser tão taciturno, ao seu lado. Também repara que ela se emociona ao rever Cabral.

– Meu primeiro amor, como é que vai?

– Melhor agora que estou vendo você, Lorena.

– Quero saber tudo da sua vida na França. Você está feliz?

– Não sei o que é isso. Existe a felicidade?

E Cabral fez um gesto esquisito, virando a mão. Será que... Não. Não é possível – Raquel pensou.

Lorena sentou-se ao lado dele e encostou a cabeça no seu ombro.

– Sonhei muitas vezes com esta situação, sabiam? Nós todos reunidos, aqui em Vale Verde. O nosso grupo. É do que mais sinto falta nos Estados Unidos. Desta amizade firme, que nos mantém unidos há tanto tempo e que eu sinto inabalável, aconteça o que acontecer.

Cabral abraça-a, carinhosamente.

– Você mudou tanto.

– Só por fora – ela se recompõe, afaga Raquel, olha em volta. – Que é que vamos beber?

– Lá em casa cerveja. Portanto...

– Eu quero caipirinha. Morro de saudades. De cachaça mesmo. Nada de vodca. Você pede para nós, João Alexandre?

– Quem mais quer?

O garçom se aproximou.

– Cinco caipirinhas e duas porções de mandioca frita.

– Ai, meu Deus, que coisa boa. Não mereço tanto – Lorena exclamou. – Adorei ter ido à Rádio. A entrevista foi ótima, Leopoldo.

– Concordo – João Alexandre disse. – Eu estava vindo para cá e gostei do que você falou sobre a música brasileira nos Estados Unidos. Vai mesmo gravar um disco?

– Meu segundo. Trouxe para vocês o primeiro – ela tira da bolsa os CDs e entrega. – Nada especial. Tiragem pequena para venda nos *shows*. Quero ouvir o que se produz atualmente no Brasil e ver se descubro alguma coisa nova.

O garçom traz a bebida.

– Um brinde ao reencontro – João Alexandre interrompe. – Que daqui para frente a gente se veja com mais freqüência.

5 Durante uma semana o grupo se encontrou todas as noites. Lorena se desmanchava para todos. Exercia seu poder de sedução sem piedade, inconseqüentemente. Usufruía o prazer de atrair os amigos, nem Raquel era poupada. De repente, Cabral se enfezou.

– Afinal de contas quem é que você quer, Lorena? Escolha quem quiser, mas pare de querer seduzir todos. É um saco ver você ciscando em volta de cada um de nós.

– Está falando do quê?

– Sabe exatamente do quê.

– Não sei, não.

– Hoje você está me paquerando. Já se encostou languidamente em mim várias vezes. Não tem desconfiômetro, não?

– Eu...

– Sou infenso a mulheres, minha cara. Assumi meu homossexualismo na França, há muito tempo. E espero não chocar ninguém com esta confissão.

– Você? Homossexual?

– Se não fosse teria levado você para a cama todas as vezes que tentou me atrair. Gente, você me agarrou no carro outra noite. Tive de rebolar para me livrar do seu assédio.

– Pensei que...

– Não, minha cara. Estou curado das mulheres. Meu casamento foi um embuste. Um acordo generoso com a irmã do sujeito que vive comigo, para poder tirar documentos, quando meu contrato acabou. Atualmente não preciso mais disso, sou cidadão francês.

– Você devia ter falado logo. Evitaria tanta coisa.

João Alexandre, Leopoldo e Raquel se entreolharam, surpresos com a revelação de

Cabral e com a agressividade com que tratava Lorena. Ele não escondia uma espécie de nojo, de desprezo por aquela que tinha sido sua primeira namorada.

– Você gostava de mim.

– Equívoco de adolescente.

– Equívoco?

– Exatamente.

Lorena olhou os amigos, pedindo socorro. Precisava acabar com aquela situação, com aquela agressão insuportável. Ao mesmo tempo, sentia um pouco de vergonha. Realmente tentara seduzir Cabral de novo. Durante anos sonhou que fazia sexo maravilhosamente com ele. Como se possuísse algum poder mágico que Norman não conhecesse. Que injustiça. E os amigos transmitiam ressentimentos. Suspeitava de uma espécie de rancor coletivo. Meu Deus, o que fizera? Ainda poderia remediar tudo?

Raquel saiu em socorro da amiga.

– Venha me ajudar com os aperitivos, Lorena.

Depois que as duas saíram da sala, João Alexandre interpelou Cabral.

– Por que tanta agressão?

– Porque ela está se comportando mal. O marido vai chegar daqui a dois dias, e ela fica aí se encostando em todos nós, uma *allumeuse* leviana.

Os amigos estão se acostumando com as expressões em francês. Já não perguntam o que querem dizer.

– Ontem me pediu para levá-la a um motel.

– Você também? – Leopoldo quase sussurrou.

– Eu escapei dessa – João Alexandre disse. – Mas não de fazer uma série de desenhos da Lorena nua. Corpo magnífico. Foi difícil resistir. Vai dar os desenhos de presente para o marido. E me pagou em dólar. Não é incrível?

Raquel e a amiga conversavam, enquanto faziam canapés.

– Nunca pensei que aqueles três fossem tão caipiras, Raquel.

– Caipiras?

– Exatamente. Eles pensaram o quê, que eu queria roubar o Leopoldo de você, por exemplo? Imagine. Sou a favor do contato físico, sem sentimentos. Ir para a cama com alguém não significa mais do que uma tentativa de intimidade. Se duas pessoas sentem tesão, por que não?

– Seu marido concorda?

– Concorda. Ele sabe que nada nem ninguém pode atrapalhar o nosso relacionamento, até que um de nós se apaixone.

– E você acha normal que ele vá para a cama com outra mulher?

– Homem ou mulher, tanto faz. A sexualidade é que manda. Desde que a nossa vida conjugal não seja afetada. Tesão e amor são coisas diferentes. Você não acha?

– Para mim, a fidelidade é importante numa relação afetiva. Se eu permitir que alguém se interponha entre mim e Leopoldo é porque não gosto mais dele.

– Outra provinciana daquelas. Não sei como o Norman vai reagir, depois de amanhã. Falei tanto do grupo e do Cabral. Do tempo que fomos namorados. Afinal foi ele o primeiro homem que eu desejei. Você se lembra das nossas matinés? Uma loucura. E agora o Norman vai conhecer o famoso machão!

As duas riram.

– Minha memória embelezou tudo e todos. Como os americanos não têm esse sentido brasileiro de grupo, eu descrevia vocês como eu queria que *Os Desgarrados* fossem e não como são realmente.

Raquel pensou se devia ou não continuar o assunto. Era mais do que evidente que ela ficara decepcionada com seus amigos de infância. Esperava o quê? Eles também se decepcionaram com ela. Não entendiam aquele comportamento. A vontade doida de dar para todos.

A mãe de Lorena estava igualmente preocupada. Não conhecia o genro, as dificuldades para se comunicar com o neto pareciam-lhe intransponíveis. A filha se deitava tarde, não conseguia se levantar antes do meio-dia, o que atrapalhava o andamento normal da casa, a empregada acostumada a arrumar os quartos pela manhã, antes de preparar o almoço. O filho acordava e zanzava, tedioso, pelo jardim, até que a mãe resolvesse aparecer. Ou então ligava a televisão e ficava vendo aqueles horríveis desenhos animados. Desde que ninguém falasse com ele, estava tudo bem. Não via a hora da vinda do pai.

– Amanhã, meu filho. Também estou com muitas saudades.

O filho olhou para a mãe como se dissesse: fale comigo em inglês. Lorena fingiu que não entendeu. Ela precisava hoje ouvir os cantores novos, os discos mais recentes do Caetano, do Chico, do Gil. Queria estudar um repertório moderno. Cansara da bossa nova. Podia cantar na abertura e no encerramento do *show*: *Samba de uma nota só* e *O pato*. Ou *Chega de Saudade*. Caetano andou gravando boleros. O filho tinha de entender.

– Posso deixar você no cinema.

– Se o filme for falado em inglês.

Lorena pediu o carro emprestado para a mãe e foi levá-lo. Teria duas horas para si.

O filho esperou-a muito tempo e assumindo que a mãe não viria, decidiu ir para casa da avó a pé. Teve a surpresa de encontrar o pai, que viajou um dia antes. Ambos ficaram conversando até tarde da noite, acostumados com as ausências noturnas de Lorena. Não chegaram nem a cogitar que algo estranho se passava.

* * *

– Não me perdôo de ter agredido Lorena – Cabral exclamou. – Não me perdôo.

– Onde é que ela se meteu? A polícia está sem pista nenhuma – João Alexandre contou. – Uma das minhas alunas é sobrinha do Delegado. O carro foi encontrado com o tanque cheio. Não saiu da cidade, portanto.

– E se ela perdeu de repente a memória, e não sabe mais voltar para casa?

Leopoldo se juntou aos amigos. Acabara de fazer a ronda dos cinco hospitais da região.

– Nem vestígio. Não dá para entender.

Raquel ainda não veio? Passei pela loja e estava fechada.

– Daqui a pouco ela dá sinal de vida.

– Visitei todas as enfermarias e os prontosocorros dos quatro vales – Leopoldo continuou. – Falta o leprosário.

– Ela tem de estar em algum lugar. Ninguém some em Vale Verde.

A hipótese de seqüestro crescia. Norman, a mãe e o filho não arredavam o pé de casa, à espera de que alguém telefonasse. A polícia tinha a linha bloqueada. Tudo estava rigorosamente preparado para as negociações de resgate.

Raquel pediu uma foto à mãe de Lorena. Amanhã, fecha a loja ao meio-dia, e vai procurar a amiga. Não sabe muito bem por onde começar, pretende tentar primeiro os bares e as farmácias de Vale Verde, Vale das Flores, Vale Vermelho e Vale das Águas. Queria procurar também nas vilas operárias, em volta.

– Vou com você – Leopoldo se ofereceu.

Raquel olhou para ele surpresa. Desde que Lorena e Cabral chegaram, alguma coisa estranha a separava de Leopoldo. Um sentimento inexplicável, doído, de falta de confiança. Sem mais nem menos ela se pegava atenta ao cruzamento de olhares dos dois.

Ele, por sua vez, sentia a observação de Raquel como uma reprovação. Mas ambos se negavam a reconhecer, um para o outro, que estavam com problemas. Pacientemente esperavam que a situação desconfortável passasse. João Alexandre também mudara. Já não aparecia com tanta freqüência. Um dia ligou para Raquel e disse que, apesar da relação refeita com o antigo namorado, tinha certeza que ela e ele acabariam juntos. Questão de tempo. Raquel sorriu. Dava-lhe tanta segurança a convicção do artista. O desaparecimento de Lorena unia-os de novo. Há cinco dias eles se falavam várias vezes por dia e se encontravam no Xilindró.

Raquel se perguntou se Lorena não fizera aquilo de propósito, para que Norman não conhecesse o grupo. O marido vinha a Vale Verde por dez dias, era tudo o que podia ficar no Brasil, pois devia dar aulas, ela então saía de cena e o afastava dos antigos companheiros.

Ainda assim, ia bancar a detetive. Precisava sentir que fizera algo para encontrar a amiga.

– Deixe isso por conta da polícia.

– Sinto necessidade de fazer algum esforço, Cabral. É o mínimo, sair por aí, foto na mão, procurando.

Leopoldo pôs um anúncio na rádio, ofereceu recompensa em dinheiro para a informação que resultasse verdadeira. Nada. Ninguém telefonava.

* * *

Depois que Lorena deixou o filho no cinema foi à loja Alta Fidelidade, na praça Quinze. Escutou muitos CDs, selecionou cinco, e estava pronta para ir embora, quando Duque entrou. Os dois se abraçaram emocionados.

– Há quanto tempo, Lorena.

– Pois é. Estou morando nos Estados Unidos.

– Vamos tomar um trago enquanto me conta as novidades. Você está bacana.

– Obrigada.

Duque Moreira, o Duque de Ébano, o melhor cantor dos vales, o mais belo homem que ela jamais conhecera, em carne e osso, a passar o braço pelo seu ombro. Um metro e noventa de músculos rijos, ai meu Deus, era tudo o que ela queria, ser comida por um cara assim, pelo menos uma vez na vida – olhou lânguida para ele.

E conversaram e beberam. Ela contou seus shows, descreveu os músicos com quem trabalhava; ele pegou o violão e cantou para ela. Às duas horas da manhã, Duque a levou para um sítio fora da cidade. Lorena acorda e não quer ir embora. Também não quer se lembrar do marido, nem pensar no filho. Não. Ela não quer mais sair dali. Foda-se o resto. Não podia quebrar aquele encantamento. Ela, enfim, encontrava o homem com quem sonhara, que sabia fazer amor como ninguém, que a ocupava por inteiro. O verdadeiro encontro do homem e da mulher, signifique isso o que significar. Só quem já experimentou o prazer dessa união pode dar valor ao que representa. E esperara por ele a vida toda. Viveria aquilo até o fim. Se é que haveria um fim. Duque fazia compras, Lorena cozinhava. Ao telefone ele dizia estar doente, que os amigos fossem ensaiando, assim que ficasse bom apareceria. E com uma canção nova: A Duquesa de Fogo.

Lorena não desconhecia que o filho e o marido precisavam voltar para Evanston. Um dia vai explicar o que aconteceu, a opção por Duque. Se gostavam dela, compreenderiam perfeitamente. Como ela entenderia se acontecesse a ele, Norman, achar alguém especial. Se até aquela data nada destruía a relação afetiva do casal, agora não era mais possível ignorar que ela, finalmente, conhecia a paixão. E estava disposta a tudo.

Planos? Não, não fazia planos. Desejava tão-somente viver aquele amor enquanto pudesse, ouvir os pássaros cantando no telhado, o apito do trem ao longe, olhar pela janela e pressentir a cidade no sopé do morro, a casa incrustada no sítio que fora do pai de Duque, uma casa tosca, caiada de branco, com janelas azuis. Se chovesse, entraria água por aquela fresta larga do telhado e ela teria de pôr um balde para se proteger da goteira. Qual o problema? Se somos exageradamente felizes pequenos detalhes não têm a menor importância – Lorena abriu o chuveiro. Um século em poucos dias. Dez, vinte? Perdeu a conta. Há quantas horas estava sozinha? Por onde andava Duque? Foi se encontrar com o Bando de Ébano? Não suportava mais o silêncio. O silêncio das nuvens. Há pouco teve ímpetos de telefonar para sua mãe e... Não, não podia. Do fundo do coração fazia votos de que os amigos a tivessem esquecido, que a mãe se desse conta de que afinal a filha sempre fora louca e que a deixasse em paz.

Duque chegou com pão, queijo e vinho.

– Ouvi no rádio um anúncio sobre o teu desaparecimento. Estão oferecendo recompensa em dinheiro para quem der pistas.

– Você está precisando de grana?

– Ainda não. Mas não vai demorar muito. Aí posso buscar a recompensa.

Os dois riram.

– Eu tenho um pouco, na bolsa.

Sentiu alguma coisa no ar. Alguma coisa que podia separá-la de Duque. Ou, quem sabe... Fixou aquele rosto tenso, não me abandone, envolva meu corpo branco com seu negro e brilhante manto, não disse, apenas pensou, por favor, me faça feliz, repita que não há nada, que você está contente de eu estar aqui, que nós nunca vamos nos separar, diga.

E foi ao espelho olhar para o seu próprio rosto. Algo tinha mudado? Era visível a paixão? Lorena viu apenas um rosto lavado, sem maquiagem. Devia ser prevenida, ter na bolsa lápis, batom e pó. Ela sabia que aquilo aconteceria. Isto é, uma vez pensou que tinha encontrado o homem ideal. Era outro músico. Um baterista, colega da faculdade. Ficaram quinze dias trancados num apartamento. Um dia eles se olharam nos olhos, e não tinham o que dizer um para o outro. Não se conheciam, não se amavam. A própria atração física enfraquecia. Ela ainda falava mal inglês, ele odiava seus erros gramaticais e seu sotaque. Separaram-se sem dizer palavra. Anos mais tarde se encontraram num bar, em que Lorena cantava. Ela mal o reconheceu. E teve uma reação inusitada: vomitar. Por quê?

Ao conhecer Norman, mais velho, sério, estudioso, sentiu-se segura. Era um homem bonito, com os cabelos finos e grisalhos, gestos lentos, voz baixa. Lorena aprendeu a amá-lo aos poucos, a admirar seus silêncios. Com ele descobriu a leitura de romances, a fazer amor sem paixão, a viver em família e o prazer de ficar só, de não se chatear consigo mesma. Estão juntos há nove anos, quase dez. Sem lástimas. Pelo contrário. Tempos de bem-estar, de equilíbrio.

Apesar do casamento, Norman sabia que, um dia, ela poderia se evaporar. Fazia parte do acordo: se um deles se apaixonasse por outra pessoa, o outro saberia entender e cuidaria de tudo para que a ausência não fosse sentida. Por uma ou duas vezes teve a impressão de que a mulher ia levantar vôo, mas se enganara. Desta vez, não tinha dúvidas. Lorena finalmente encontrara alguém. Não acreditava na hipótese de seqüestro, nem de acidente. Claro que não podia explicar para a sogra, o filho e o grupo o que pressentia, era preciso representar uma certa perplexidade, até o embarque no avião. Manteve a queixa na polícia, despediu-se de todos compungido, mais porque perdera a mulher do que pelo seu desaparecimento, é claro, porém quem saberia da verdade? Não conseguiu, inclusive, interromper o choro ao ver os amigos de Lorena na casa da sogra, antes de ser levado ao aeroporto. Ele era apaixonado pela mulher, desde o começo, encantado com a naturalidade dela em ir para a cama, bastou pensar para sentir uma ereção, era sempre assim, a feiticeira conseguia enfeitiçá-lo mesmo a distância e depois de tantos anos o que, convenhamos, não é normal.

Pai e filho se despediram de todos.

– Esperamos vocês nos Estados Unidos.

Norman falou por falar. No íntimo ele tinha certeza de que não mais veria o grupo. Se Lorena aparecesse para os amigos, seria para apresentar o sujeito da nova paixão. Desde ontem, angustiava-se pensando que talvez a esquecesse. Não conseguiria viver sem ela, ou pelo menos, sem a esperança de rever Lorena: desde o casamento jamais pensou em outra, jamais aceitou convite de uma aluna para jantar, com medo de assédio sexual, sem dúvida, mas também por fidelidade.

Um dos seus princípios, a fidelidade, por isso aceitou o acordo pré-nupcial, respeitava o sentimento alheio. Vamos que ele despertasse de novo alguma paixão? Tinha sido objeto de uma dessas situações doentias. Para onde olhasse via um rosto atormentado, seguindo-o feito uma sombra.

No avião, Norman olhou para o filho. O que estaria pensando de tudo aquilo? Não se atreveu a fazer perguntas. Personalidade forte, ele era muito reservado. Nunca se abria, nem com o pai nem com a mãe. Guardava as emoções e seus segredos. Norman respeitava o filho, limitou-se a passar-lhe a mão na cabeça. O menino fixou-o com um olhar compreensivo, como se dissesse tudo-bem-pai-vamos-sair-dessa. Naquele instante era o adulto e Norman a criança. Pelo menos, foi assim que ele se sentiu.

6

Duque não queria desapontar Lorena, nem deixá-la infeliz, mas precisava ir ao Vale das Flores.

– Entenda, bichinha. Sumi de uma hora para outra. Tenho de voltar e dar uma explicação, ver como estão os meus filhos.

Lorena ficou quieta. Dizer o quê? Só queria que ele a deixasse no Vale das Águas para fazer compras.

– Eu amo você. Confie em mim – Duque a beijou.

Mas ele mesmo não sabe ainda onde encontraria a chave para, sem provocar emoções demais, resolver a separação. Betânia tinha consciência de que as relações entre eles acabaram. Há muito tempo fugiam de intimidades e suportavam dormir juntos apenas por falta de espaço. Duque vivia viajando, não ficava quase em casa. A mulher se divertia com a butique, ganhava bem, muitas vezes o socorreu. Ele não precisava se preocupar com o lado financeiro da família, apenas com o psicológico. Como os meninos reagiriam?

Duque fazia planos, enquanto se dirigia para o Vale das Flores, assumindo o papel de Luís Moreira, seu verdadeiro nome. Betânia nunca o chamou de Duque. Quando se casaram, ele terminava a residência em pediatria, e ela acabava o reinado como a mais bela da cidade. Duque logo se afastou do consultório, unindo-se aos artistas locais, e ela não aceitou a boêmia do marido, dedicando-se de corpo e alma à loja que abriu em parceria com a mãe.

O filho nasceu no primeiro ano de casados, e a filha no seguinte. Não foram planejados.

Betânia não se interessava pelas suas andanças e nunca fazia perguntas. Ele, por seu turno, não tinha o menor interesse no cotidiano da mulher.

Duque chegou antes que os filhos fossem para a escola.

– Oi, pai, tudo bem? Estamos atrasados.

Betânia apareceu na sala apressada.

– Desculpe, Luís, vou levar os meninos para a escola.

– Você volta?

– Agora de manhã, não posso. Estou cheia de coisas para fazer. Mas, se você quiser, podemos almoçar juntos.

– Eu passo pela loja.

Duque preparou duas malas de roupas, calmamente. Despedia-se da casa, onde não fora feliz, receoso da reação da mulher ao falar na separação. Betânia era ligada à magia negra, freqüentava centros de macumba, fazia oferendas a orixás, orientava jovens angustiadas e com problemas amorosos. Ele nunca acreditou nas habilidades macumbeiras da mulher, e, no entanto, temia a sua ira. A idéia de almoçarem num lugar público evitaria escândalos.

Acomodou as malas no carro e andou pela cidade, cumprimentando conhecidos aqui e ali. Em dois bares tomou pingas – ela odiava cheiro de cachaça. Ao meio-dia estava a postos, na loja. Betânia podia ser modelo, com aquela estatura e postura impecáveis, sucesso nas passarelas do mundo. Sem ambições, estava satisfeita com a sorte, e preferia ficar no Vale das Flores, com a família.

– Oi, Luís – deu-lhe teatralmente um beijo. Queria impressionar quem, a mãe? As clientes?

Ele se prestou ao jogo, sem jeito. Saíram de braço dado, como se fossem um casal feliz.

– Que lindo par eles fazem – Duque ouviu alguém comentar.

No restaurante, ele escolheu uma das mesas mais afastadas, para evitar testemunhas da conversa que ele e a mulher teriam. A cerveja e os pratos pedidos, Duque fez as perguntas de praxe sobre os meninos na escola, o movimento da butique. Betânia respondeu com poucas palavras, irritada porque ele fedia álcool.

– Você não me convidou para almoçar à toa.

– Tem razão. Vim para a gente assumir a nossa separação.

– Separação? Que separação?

– Não somos marido e mulher há muito tempo.

– Quem é a outra, desta vez?

– Não tem nada a ver, Betânia. Quero apenas formalizar a nossa separação. Deixar claro para os meninos que estamos separados e acabar com esse jogo de faz-de-conta que você faz questão de manter. Merecemos os dois a liberdade.

– Quem é ela?

– Um advogado vai procurar você para assinatura dos papéis.

– Advogado? Desta vez é sério, então.

– Por favor, Betânia. Vamos evitar brigas desnecessárias, certo?

– Sou contra divórcio.

– Eu não.

– Se você quer viver com outra o problema é seu. Pode namorar o quanto quiser. Não ligo. Eu não vou assinar papel nenhum.

– A escolha é sua. Tentei deixar você em liberdade para refazer a sua vida também.

– Refazer? Está ótima.

– Não tem vontade de amar alguém, de novo?

– Amar? Quem disse que para amar é preciso oficializar o amor? A não ser que exista uma criança... – ela fixou para o marido, com olhar inquisitivo. – Onde você está morando?

– Aqui e ali. Estou viajando com o conjunto.

– E financeiramente?

– Vivo com muito pouco, qualquer coisa dá.

– Você tem sorte de não precisar sustentar mulher e filhos – ela sorriu, irônica.

– É verdade. Devo isso a você. Do contrário, eu seria o pediatra mais infeliz do mundo.

– Dr. Luís Moreira. O cara com quem eu me casei.

– Lamento, Betânia.

Findo o almoço, Duque e a mulher se despediram friamente. Ele continuou sentado e pediu mais uma cerveja, antes de se decidir a passar no Banco e voltar para o sítio. Lorena não lhe pediu nada, nem pediria. Era a mulher de sua vida, nunca se apaixonara assim antes, queria preservar a união para sempre. A melhor foda do mundo.

– Duque, não sei como você ainda me olha na cara, veja estas unhas. Não, não quero ficar em Vale das Flores, o perigo de encontrar alguém é grande, me deixe no Vale das Águas, lá eu me viro e você me pega na volta, espero num café, ou num bar, vamos ver como é que eu me sinto sem você ao meu lado, gaiola sem passarinho, gostou? É isso aí, meu Duque, meu amor, vem meu querido, a simples idéia de que vamos ficar separados me faz sentir saudades antecipadas, me ame antes de sair, eu sei que daqui a pouco ficaremos juntos de novo, mas não agüento de vontade, vem.

Lorena esperava por Duque no Vale das Águas. Há quase um mês ela não se pintava; vivia com uma única muda de roupa que Duque comprara, não ia ao cabeleireiro, estava se sentindo mal. Na hora marcada, Duque estacionou o carro, desceu para procurar Lorena e se sentou na praça quase vazia, à espera: ela apareceu com os cabelos vermelhos cortados, linda no vestido novo de malha colante.

– Que tal um trago no Sílvio's para comemorar essa beleza toda? Vou te apresentar ao Bando. Precisamos programar os próximos *shows*.

Lorena chegou de mãos dadas com Duque. Os companheiros, que estavam ensaiando, fizeram o possível para despistar a surpresa.

– Lorena é cantora. Canta bossa nova nos Estados Unidos, mas aqui, gosta de tudo. Toca *Esse Cara*, do Caetano, mano. Vão ver que voz!

Ela não se fez de rogada. Pegou o microfone e deixou que a voz quente envolvesse o bar. Ao terminar foi vivamente aplaudida pelos músicos e garçons. Duque mostrou o samba novo: Duquesa. Sucesso. O encontro só terminou alta madrugada, com todos mais ou menos bêbados e encantados com a nova *vocalista*. Ensaios foram marcados no sítio de Duque e ela participaria da próxima turnê, pelo norte e nordeste. Quatro meses de trabalho garantidos.

* * *

Trinta dias após o desaparecimento de Lorena os outros *Desgarrados* se reuniram para a despedida de Cabral, na casa de Leopoldo. Fazia uma daquelas noites limpas e azuis de Vale Verde.

– Acabei de ver uma estrela cadente e fiz um pedido.

– Qual? – perguntou Leopoldo, com leve ironia.

– Segredo – respondeu João Alexandre, olhando para Raquel.

Leopoldo fingiu que não viu. Estava cansado de tantas insinuações.

– Com este frio, só atiçando o fogo.

Raquel pensou no duplo sentido da frase e sorriu.

Cabral veio da cozinha trazendo amendoins, nozes, amêndoas e copos com uísque e gelo.

– Para mim, não. Prefiro o vinho que eu trouxe – ela se levantou e foi abrir a garrafa.

A casa estava ficando um brinco, as janelas refeitas, a ferrugem do portão foi lixada, agora o zarcão protege as grades. Ele vendeu alguns quadros achados em um velho armário, no porão, pois precisava pagar as despesas até receber o primeiro salário da rádio e parecia contente da vida.

– Cabral, você vai voltar para o nosso casamento?

– Que casamento, Leopoldo?

– O nosso, meu e de Raquel.

– Nosso?

– Exatamente – Leopoldo a enlaçou.

– Sou sempre o último a saber – João Alexandre sussurrou.

– Até hoje Leopoldo nunca me falou no assunto.

– Quando vai ser esse casamento?

– Em outubro.

– Deste ano? – perguntou Cabral.

– Claro. Não somos mais crianças. Esperar o quê?

Raquel fez um ar meio incrédulo, e se afastou de Leopoldo, indo se servir de mais vinho. João Alexandre a seguiu, com a desculpa de buscar gelo.

– Vocês fizeram uma representação daquelas. Mereciam o prêmio Nobel.

– Desculpe, João Alexandre, está sendo injusto. Até há pouco, eu não sabia de nada. Se eu disser que ele não falou comigo a respeito, você acredita?

João Alexandre não respondeu. O amigo era capaz de tudo.

Quando os dois voltaram para a sala, Leopoldo e Cabral falavam na amiga.

– Não tínhamos combinado não tocar no assunto Lorena hoje à noite?

– Mas eu vou embora amanhã, poxa.

– Querem a minha opinião? – Raquel olhou para todos. O silêncio confirmava a resposta. – Para mim, Lorena não foi seqüestrada, não sofreu acidente. Pode estar vivinha da silva. Ela deve ter, finalmente, encontrado alguém. Tentou se apaixonar por vocês, ninguém lhe deu confiança.

– Desculpe o aparte, Raquel. Ela não queria se apaixonar por nós. Queria aventuras conosco – Cabral interrompeu a amiga. – Não pensem que eu não sou capaz de ter um relacionamento com mulher. Sou. Apenas não me interessa. Minha verdadeira opção é outra, já disse.

– Pois eu acho que a sua é uma possibilidade muito romântica, Raquel, para um tipo como a Lorena, sensibilidade zero em matéria de amor.

– Eu não concordo, Leopoldo. Raquel tem razão. Como é que uma pessoa desaparece em Vale Verde? – João Alexandre falou alto. – Ela simplesmente está enfiada com alguém num quarto de hotel ou motel. Louca como sempre foi, não pensou no filho nem no marido.

– E quanto uma relação dessas pode durar?

– Que importância tem o tempo, Leopoldo? Não se mede o amor pelo tempo – Raquel soltou, sem querer, a frase. Ela esperou tanto por ele, tanto, sem desanimar.

Leopoldo entendeu o recado. Uma noite, antes que se recolhessem, ela disse que não teria se casado com João Alexandre, porque não se casa com alguém por merecimento. Casa-se por amor. Uma das admirações que Raquel inspirava em Leopoldo era exatamente essa, a de que tinha caráter. Se não fosse uma mulher de fibra, não o teria esperado. Ele não tinha a mesma força. Não que não a amasse, pensou, mas é preguiçoso e acomodado. Nunca se apaixonou, de verdade, por ninguém. Não era capaz de paixões arrebatadoras – ele confessou, um dia, a Raquel.

– Eu tenho a impressão de que Lorena não vai demorar a aparecer. Prefiro mudar de tema porque este me deixa azedo – João Alexandre quis encerrar o assunto.

– Se isso acontecer, vocês prometem me contar? Já dei o número do telefone e do fax.

– Fique tranqüilo, Cabral. Conto as novidades na hora. Prometo – garantiu Raquel.

– Faço votos que ela apareça antes do nosso casamento. Assim o grupo estará completo, de novo – Leopoldo abraçou Raquel, os dedos em cruz.

Cabral beijou a amiga, agradecido.

– Não perco o casamento de vocês por nada neste mundo.

– Ainda bem, Cabral, porque eu queria que você fosse um dos meus padrinhos.

– Aceito, Leopoldo. Com prazer.

– E eu escolhi você, João Alexandre, e Lorena, se aparecer até lá, para serem os meus. Afinal, são os amigos mais antigos que eu tenho. A minha família.

– Quem vai ser meu par, Leopoldo?

– Minha irmã, Cabral.

– Que bom.

Cabral foi embora, acompanhado da mãe e de uma tia. Sentia que não tinha mais ligação com Vale Verde, ou com os vales vizinhos, que lhe deram tanta alegria na adolescência e hoje eram redutos de falta de respeito social, uma diferença monumental de direitos. Se naquele lugar, que já foi um paraíso, se pode notar tanta deterioração, como deve estar o resto do Brasil? Morar na França foi e é difícil, ainda mais com a campanha de políticos nazistas que fazem verdadeira guerra contra os estrangeiros. Contudo, a vida lá é mais justa. Agora não tinha mais falsas ilusões com o seu próprio país. Mesmo que tenha de sair da França, para cá não volta. Prefere ser um pária no mundo.

* * *

Ao ficarem a sós, Raquel olhou timidamente para Leopoldo. Não sabia o que dizer. Afinal descobrira junto com os amigos que ia se casar. Por que ele não falara antes? E por que andava tão esquisito, fechado em si mesmo? Doía-lhe tanto a decisão do casamento? Por que a tomou então? Raquel acostumara-se a não interromper as reflexões de Leopoldo – era comum ele ficar em silêncio –

e aguardar até que ele a olhasse e começasse a conversar. Sem mais nem menos. Como se não tivesse se evadido.

– Você não me disse nada sobre a data do casamento.

– Desculpe, Leopoldo, fiquei tão assustada.

– Assustada? Você não quer casar? Não é tudo o que quer na vida? Está esperando isso há anos. Devia ficar contente.

– Eu não disse que não fiquei. Apenas...

– Que data você quer? Esta semana vou assinar contrato de dois anos com a Rádio.

– Para fazer o quê? O programa?

– Diretor geral. O tio do João Alexandre viaja para a Europa. Está doente, suspeita de câncer no rim.

– Coitado.

– Vá pensando nos poemas. Semana que vem podemos gravar um piloto. Não tenho tempo de pesquisar.

– Minhas gavetas estão cheias. Continuo arquivando o que sai publicado. Posso passar na livraria para ver as gôndolas.

Nada podia lhe dar mais prazer do que voltar à Rádio. Quantas vezes não sonhara com essa volta? *Um tango ao cair da tarde*. Ela no estúdio lendo os poemas, sentindo a voz cruzar os vales, cheia de emoção. Lembra-se do dia em que, ao receber um prêmio, ouviu sua própria voz a ocupar inteiramente a praça do Vale das Águas, o povo na rua, escutando, cabeça baixa alguns, outros olhos postos nos alto-falantes como se quisessem devassá-los e ver as palavras. Foram recebidos no vale vizinho feito artistas, Leopoldo a Voz de Veludo, ela, a Voz de Seda. Desta vez, não iria mais se esconder sob pseudônimo. Ia usar o seu nome: Raquel Mendonça. Ou seria melhor Raquel Amorim de Mendonça? Deixa para discutir o assunto depois. Agora não é o momento.

– Que tal 8 de outubro?

– Depende do dia da semana.

– Podemos viajar em seguida.

– Viajar?

– Uma semana. Merecemos uma lua-de-mel, ou não?

– Tanto faz, Leopoldo. Sei que você detesta viajar e eu não ligo. Podemos, talvez, ir uns dias para a praia. Uma cliente sempre me oferece sua casa em São Sebastião.

– Temos tempo para decidir. O importante é fixar as datas, avisar o cartório. Você quer casamento religioso também?

– Não, Leopoldo. Não entro numa igreja há tanto tempo. Basta o civil.

Ele pensou em perguntar onde seria a festa, mas teve receio de irritar Raquel. Em outra oportunidade falariam a respeito. Ela odiava festas. Principalmente se fosse a causa, o pretexto. Ele talvez precisasse aproveitar a ocasião para comunicar à comunidade local que assumia a rádio, conselho do tio de João Alexandre. Dentro de alguns dias voltará ao assunto.

* * *

Quem não conseguiu mais sossego com a notícia do casamento foi João Alexandre. A certeza de que ele ia se realizar martelava-lhe a cabeça. Afinal de contas esperava o quê? Raquel nunca escondeu que era apaixonada por Leopoldo. Passado o encanto do reencontro, achou que as coisas tomariam outro rumo. O casamento acabava com as suas esperanças. Precisava ter uma conversa séria e definitiva com a amiga. Devia, pelo menos, se declarar, dizer do sofrimento que a união lhe causaria.

Começaria assim: não desconhece que eu estou esperando você há anos. Não, não me prometeu nada, mas quando estivemos mais próximos e você aceitava a corte que eu fazia descaradamente, tivemos bons momentos, nós dois, chegamos a fazer planos, lembra-se?

Leopoldo sumira, ninguém acreditava que ele voltasse, imagine, eu estava me preparando para pedir que morássemos juntos, que assumíssemos o bem-querer que sentimos um pelo outro, só você emociona meu coração, impermeável que é a outras mulheres, tenho obsessão por você desde a adolescência, por que está escolhendo Leopoldo e não eu? Não consigo me livrar desse amor tão longo, nem aceitar dividir você com outro, no entanto, admito esta segunda hipótese, último recurso, se repartir comigo a sua vida. Sem seu amor não sou capaz de ser artista. É duro de admitir, mas sem você desaparece de mim qualquer sentimento de beleza.

Como ela receberia esta declaração? Talvez devesse mudar os termos e curto e grosso dizer: você-só-se-casa com-Leopoldo-se-aceitar-ser-minha-amante. Por-favor, não-me-abandone-Raquel. Fique-comigo-também.

– Ah, João Alexandre. Não me deixe triste. Gosto tanto de você. Tanto. Não complique as coisas. Como posso ser sua amante? Você enlouqueceu? Sou a sua mais fiel amiga e companheira. Se não nos amamos quando Leopoldo estava longe por que o faríamos agora? Você vai encontrar alguém. Mais dia menos dia. De repente.

– Eu me mato.

Raquel olhou para ele, incrédula. Não pela ameaça de morte, e sim pelo tom que ele usou.

– A quem você quer impressionar? Chantagem para cima de mim? Você não tem o direito de me criar obstáculos afetivos, agora.

– Tenho sim.

– Não tem, não.

– Preciso lutar.

– Você enlouqueceu? Escolhi você como meu padrinho, que diabo.

– Todo artista trabalha pensando na aprovação de alguém. Confesso que quando pinto ou faço escultura, quero a sua admiração. É diante dos seus olhos que eu quero parecer maravilhoso.

– O meu casamento não acaba com isso. Você pode continuar trabalhando que eu vou apreciar.

– Conquistar você faz parte do meu trabalho. Picasso amou e foi amado. Cada uma das mulheres que teve foi importante para a obra. Sem a Gala, você acha que Dalí seria o mesmo?

– Não confunda as coisas, João Alexandre. É uma honra ser sua musa, mas não posso ter a menor responsabilidade.

– Maria Callas, ao ser abandonada, perdeu a voz. Morreu de tristeza, sabia? Tristeza.

– Pare com isso, por favor.

– Eu também posso morrer.

– Não acredito que esteja me acontecendo uma coisa dessas – Raquel tentou se livrar da proximidade quase indelicada de João Alexandre. Ele estava exagerando, podia sentir-lhe o hálito na nuca. Por que ficaram os dois ali na cozinha?

Não teve tempo de reagir. João Alexandre encostava-a contra a parede, disposto a tudo. Quem diria que ele pudesse se transformar tanto. Ser tão calhorda? Um artista? Cadê os bons sentimentos e a elegância? Nunca mais poderiam ser amigos. Nunca mais.

– Raquel! Cheguei!

João Alexandre se assustou ao ouvir a voz de Leopoldo, e largou a presa, que escapuliu rapidamente.

– Onde está Raquel?

– Foi buscar não sei o quê, no quarto.

– Raquel, você está pronta? – e para João Alexandre: – Vamos jantar com o novo gerente do Banco. Vi seu carro na porta. Você nos dá uma carona?

– Claro.

– Achei fotos da Antônia e do Tito. Continua querendo pintar o retrato deles?

– Meu presente de casamento para você.

– Obrigado. Aceito.

– Gostaria de fazer mais um retrato de Raquel. Quero que ela pose para mim.

– Combine com ela. Semana que vem começamos a fazer o programa de rádio. E ela tem a loja...

Raquel apareceu na sala.

– Que elegância.

– Obrigada, Leopoldo. Estou com uma dor de cabeça daquelas. Tomara que esse jantar acabe logo.

– João Alexandre vai nos dar uma carona.

Raquel procurava, na bolsa, cabeça baixa, a chave da casa. Não sabia exatamente o que fazer. Contar a Leopoldo o que acontecera? Que reação ele teria? Um amigo de tantos anos aprontar daquele jeito. Se não falasse, talvez João Alexandre caísse em si e pedisse desculpas. Raquel não estava disposta a criar situações desagradáveis, ainda que achasse que, além de lhe faltar com o respeito, ele tinha traído Leopoldo, que confiava nele apesar do mal-estar que provocava. Que atitude tomar? Precisava refletir um pouco nas conseqüências desastradas para o grupo, se Leopoldo soubesse o que acontecera.

Durante o jantar por várias vezes sentira náusea, ao lembrar de João Alexandre beijando sua boca. E não sabe como vai se livrar daquele cheiro horrível de loção com terebentina, que ela teima em continuar a sentir.

7 Raquel ouviu que tocavam insistentemente a campainha, correu para atender a porta.

– Lorena!

Finalmente a amiga dava as caras.

– Hoje é teu aniversário, não é? Desculpe se não apareci antes, mas com esta barriga... Ando tão cansada.

– Sente-se, Lorena. E me conte tudo, por favor. Passamos momentos tão difíceis com o seu sumiço..

– Eu sei. Desculpe.

E a amiga contou a paixão por Duque, a dificuldade de confessar para o marido e o filho, acabou escrevendo uma carta, as viagens com o Bando de Ébano, os *shows*, a incompreensão da mãe que não aceitou o relacionamento novo, por puro preconceito, nunca pensou que isso ainda existisse, imagine, não quer nem conhecer a neta que vai nascer, filha de um negro, Lorena, como você pode descer tanto? A mãe e o pai dele a aceitaram com uma certa desconfiança: por que escolher uma branca de cabelo vermelho?

Raquel compreendia a experiência de vida que a amiga estava tendo, admirava-lhe a coragem de mandar tudo pelos ares, a paixão justificava os atos, Lorena continuava feliz, não fosse a megera da ex-mulher não permitir que Duque visse os filhos, o que o tornava irado, um ameaçando o outro, qualquer dia podia acontecer uma desgraça, ele queria matar a dita cuja, comprou até um revólver, já pensou? Não fosse essa desgraça, a relação deles seria perfeita, Duque é uma pessoa delicada, de bons sentimentos, responsável, excelente profissional, enquanto a barriga permitir ela vai continuar cantando, aprendeu tanto com o Bando de Ébano, agora é uma cantora de verdade, entrosou-se bem com os músicos que, no início, torceram o nariz, mas, aos poucos, conquistou todos e eles passaram a ter um convívio harmonioso.

Há um mês, no entanto, coisas estranhas aconteceram. A primeira, Lorena e Duque voltavam de um *show*, tarde da noite, conversando. Ela desceu do carro para abrir a cancela de madeira e encontrou um pacote.

– Veja, Duque. Um presente para nós. De quem será?

Ela dá um grito de horror. No pacote, um rato morto e podre. Por dias ela sentiu aquele cheiro intolerável.

Esqueciam o ocorrido, quando o carteiro entregou a encomenda registrada.

– De onde vem?

– Do Rio de Janeiro.

– Para quem é?

– Lorena qualquer coisa. Não dá para ler. A chuva diluiu a tinta.

– Obrigada.

Ela abriu o pacote pensando tomara que não seja nada horrível. De novo, outra mensagem de morte: uma boneca ensangüentada, alfinetes espetados nos olhos.

– Quem poderia estar enviando aquilo?

Alguém que a conhecia. Para Lorena Brasil. Estava escrito no envelope, as letras borradas, mas ainda legíveis. Era o seu pseudônimo de cantora nos Estados Unidos. Portanto, alguém ligado à música estava querendo machucá-la. Quem? Por quê? Ela não encontrava mais sossego. Duque pedia que ela esquecesse, devia ser coisa de alguma macumbeira que não tinha o que fazer.

– Você é inteligente, querida, não vai acreditar em bobagens desse tipo. Sinceramente. Me dá essa boneca que eu vou jogar fora.

Lorena olhou agradecida para o companheiro. Ele tinha toda razão. Não era nenhuma ignorante para se impressionar com aquelas encomendas. Mas não conseguia tirá-las da cabeça.

– O que você acha disso tudo, Raquel?

– Concordo com Duque. Afinal de contas não se deve dar importância a nada que seja anônimo. Não é fácil tirar esse assunto da cabeça, não é? Faça um esforço.

Norman e o filho estão prometendo vir para o parto, em dezembro: se sofreram com o abandono, deram a volta por cima, telefonam todas as semanas, o ex está namorando uma professora, colega de universidade.

Raquel também atualizou a amiga com as novidades do casamento marcado e convidou-a para ser sua madrinha.

– O padrinho é o João Alexandre.

– Ele aceitou a união de vocês numa boa?

– Não. Fazer o quê?

– E a festa?

– No clube. Leopoldo precisa. É diretor da Rádio.

– Você vai morar aqui ou na Casa da Encosta?

– Lá.

– Quer alugar esta casa para nós?

– Vocês querem vir para cá?

– Querer não queremos. Temos de mudar de endereço. A bruxaria me faz mal. Não estou acostumada a essas coisas. Além disso, como a ex-mulher do Duque não manda os filhos para ficarem conosco, saindo do sítio, até que ela descubra o novo endereço, vamos ter um pouco de paz. E os meninos podem dar uma fugida depois das aulas.

– Combinado, Lorena. Eu não estava sabendo o que fazer. João Alexandre me sugeriu transformar a casa numa galeria de arte popular. Mas quem ia assumir a galeria?

– Boa idéia. Assim que eu tiver o nenê, que a nossa vida se arrumar, voltamos a falar no assunto? Acho que eu posso me encarregar disso. Com criança pequena é difícil sair por aí, pelo menos até seis ou sete meses. Se você quiser, alugo com os móveis. Prometo cuidar direitinho do que ficar aqui.

– Ótimo. Talvez eu tire algumas coisas. Os quadros. Aquele sofá. Não sei ainda.

– Tudo bem. Só me diga quanto vai ser.

– Prefiro que vocês me façam uma oferta.

As duas ficaram alguns minutos em silêncio.

– E como ficou aquela queixa, do seu desaparecimento, na polícia?

– Mamãe desistiu. Um primo do Duque trabalha na Delegacia e arquivou o processo.

Leopoldo entrou na sala.

– Que surpresa, Lorena.

– Não é?

– Raquel vai contar as novidades. Que horas são?

– Sete.

– O Duque deve estar chegando. Vem me buscar.

Bastou falar para que a campainha soasse. A própria Lorena foi atender.

– Este é o Duque.

– Nós nos conhecemos há muitos anos – Leopoldo disse.

– Você está dirigindo a Rádio, não é?

Ele confirmou e colocou-a à disposição do Bando de Ébano. Depois de alguns minutos os dois se foram. Iam cantar aquela noite numa festa no Clube das Acácias e tinham de pegar os instrumentos. Raquel e Leopoldo demoraram a se refazer da visita. Lorena aparecer assim, sem avisar, grávida.

– O Duque sempre foi um mulherengo daqueles.

– Parece que se regenerou. Lorena disse que os dois estão felizes.

– Que bom.

– Você conhece a ex-mulher dele, a mãe dos filhos?

– Para dizer a verdade, eu a vi algumas vezes. Costurava para a Antônia. Reformava roupas.

– Que idade deve ter?

– Não sei. Uns cinqüenta. Se não me engano, tem dois filhos com o Duque, que já devem estar crescidos. Ela é macumbeira, sabia?

– Está atormentando a pobre da Lorena. Não deixa o pai ver os filhos. Ela é negra, também?

– Mulata. Era muito bonita. Foi miss Vale das Flores.

– Não me diga. A Betânia? É minha cliente. Nossa. Ela! E aprontando desse jeito. Faz tempo que não aparece. Da última vez me falou que ia abrir uma butique.

Os dois se calaram. Raquel pensou que se não tivessem logo um filho poderia ser tarde demais. E ela sempre desejou ser mãe. Ele, por sua vez, achava que era melhor adotar uma criança, se fosse absolutamente necessário para o seu equilíbrio emocional. Não tinha paciência para esperar nove meses, vendo a barriga da mulher crescer, com pesadelos sobre se seria normal ou não. Só de pensar no assunto perdia a vontade de fazer sexo. Não, eles não teriam filhos.

– Fui ao médico hoje. Minha menstruação está atrasada.

– E daí?

– Talvez eu esteja grávida.

– Não acredito. Você não toma pílula?

– Tomo. Mas posso ter esquecido um dia.

O rosto de Leopoldo ficou crispado. Não pode ser verdade. Deve ser engano. Falta um mês ainda para o casamento e ele não estava preparado para...

– Você não gostou da notícia.

– Me pegou de surpresa. Nem sei o que dizer. É melhor a gente falar sobre isso quando tiver a confirmação.

E eles quase não se falaram mais. Raquel serviu a vitela recheada que preparara, Leopoldo abriu o vinho *bordeaux* e fez um brinde mudo. Raquel baixou os olhos: não sabe se está triste ou apenas envergonhada da possível gravidez. Estranhava a reação dele, ia se casar com um desconhecido?

– Feliz aniversário – ele tirou a caixa do bolso.

Raquel abriu-a devagar. Era uma caixa azul-marinho, quadrada. Dentro um broche de marcassita, antigo.

– Foi da Antônia. Encontrei várias jóias dela guardadas numa mala.

– É lindo. Obrigada.

De repente Leopoldo começou a falar, animado, da Rádio, que o programa deles era o mais ouvido em toda a região, choviam pedidos para reprisar um ou outro, que a lua-de-mel poderia ser na casa de praia da cliente, uma semana, não mais, e ele prometia que logo fariam uma viagem a Portugal, para que ela finalmente conhecesse alguns dos parentes vivos. Quem sabe vamos no Natal? Ela sorriu agradecida, sentindo-se subitamente leve, quase feliz.

8

Raquel recebeu o primeiro presente quinze dias antes do casamento.

– Abra para mim, querido, enquanto eu arrumo estes documentos.

Leopoldo tentou, inutilmente, arrebentar a fita que envolvia a caixa.

– Que coisa mais apertada.

– Quer ajuda?

– Claro que não. Pronto.

Dentro da caixa, cinco urnas de madeira tosca. Ele abriu a primeira: corpos de cinco bonecos de pano, sem braços, pernas, cabeças. Na segunda, cinco pares de braços. Na terceira, cinco pares de pernas. Na quarta, cabelos. Na quinta, cinco cabeças sem olhos, sem nariz, sem boca.

Leopoldo olhou aquilo com nojo. Quem se atrevera a...

Raquel se aproximou e os dois olharam o pacote estupefatos. Quem se dera o trabalho de fazer aquilo? O que significaria? Os dois se lembraram do caso da freira, mas nada disseram um para o outro. Leopoldo embrulhou cuidadosamente as urnas. Lorena se referira a coisas do gênero. Seriam enviadas pela ex-mulher do Duque, ao saber que Lorena ia ser madrinha de casamento e que Duque estaria ao lado dela? Bobagem. Ela não podia se permitir alucinações.

Leopoldo mostraria a um funcionário da Rádio, que é chefe de terreiro, pai-de-santo conhecido no Vale das Águas, antes de jogar fora. Os noivos não acreditavam em bruxaria, porém não era nada agradável o que sentiram.

– Vamos abrir este outro pacote, Raquel.

– Que lindo faqueiro de prata.

– Quem mandou?

– Um fazendeiro que foi amigo do meu pai. É o melhor cliente da loja.

– Ainda bem que há gente sadia no mundo.

Os dias que antecederam o casamento foram tão excitantes, tão cheios de presentes para abrir, providências a tomar, Cabral chegou com o jovem amigo com quem vivia na França, um sujeito magro, de gestos delicados, que balbuciava algumas palavras em português. Tinha sempre um livro na mão. Enquanto os amigos conversavam ele simplesmente o abria e se punha a ler.

– Um encanto de pessoa o Bernard, não acha, João Alexandre?

– Acho, Raquel. Cabral me pediu para fazer um retrato dele. Não sei se vai ficar pronto.

– Temos ensaio no clube. Precisamos entrar todos juntos, um apoiando o outro.

– E quando chega a irmã de Leopoldo?

– Amanhã cedo.

– Falta uma semana e eu estou exausta. Se vocês vissem a quantidade de caixas que empilhei num quarto. Impressionante. Nem que eu viva cem anos vou conseguir usar tudo aquilo. Jogos de copos vieram uns dez.

O episódio das urnas devia ser esquecido. Leopoldo perguntou ao colega da Rádio, ele prometeu fazer um despacho para anular qualquer má intenção que contivessem, não sabia o que queria dizer, boa coisa não era, mas talvez se pudesse evitar o pior.

Palpites, todo mundo dava. Cada cliente que aparecia para comprar sapatos dava sugestões para a roupa dos noivos.

Depois de muita indecisão, Raquel optou por se casar com um vestido cor de pérola, de cetim, tomara-que-caia, sem nenhum ornamento. Leopoldo iria de terno preto e gravata prateada. Os padrinhos que viessem como quisessem. Lorena disse que, para esconder a barriga, usaria preto, pois não queria saber de diz-que-diz na cidade; João Alexandre fez questão de mandar fazer um terno branco, de linho. Há anos sonhava em ter um.

– Vou me sentir o noivo – sussurrou no ouvido de Raquel.

Ela riu. Sujeito incorrigível. Parou de lhe fazer a corte, acintosamente, mas não esquecia de dizer gracinhas. O quadro que ele deu era belíssimo. Os morros de Vale Verde, encobertos por nuvens, vistos de longe.

Posicionara o cavalete num lugar privilegiado, como Cèzanne fazia para pintar sua famosa montanha, Bernard comentou. Era realmente de qualidade a pintura. Cabral trouxe peças de alumínio amarradas, e montou a bela escultura abstrata, no ateliê de João Alexandre. Lorena prometeu dar presente logo que pudesse. Raquel diria para ela o que precisava e que não ganhara.

Jantavam juntos todas as noites, os amigos, com Duque incorporado. Quando se veriam de novo?

Cabral jurava não voltar tão cedo. Não conseguia ver a figura do presidente sem ter vontade de cuspir-lhe na cara. Um mau-caráter. Cercado de gente da pior espécie. E desandava a criticar o governo.

– Há quem ache que ele é ruim, mas que não existe outro nome para o cargo.

– Por favor, Cabral – interrompeu João Alexandre. – Não vamos falar de política. Você tem toda razão, só que está se desgastando à toa.

– Você, Leopoldo, que tem uma Rádio na mão, devia conscientizar a população, antes que seja tarde demais.

– À minha maneira, estou fazendo isso, Cabral. Promovo umas discussões. O povo entra no ar e apresenta argumentos. Discutimos abertamente alguns pontos. Não tenha dúvida, se as coisas continuarem como estão o presidente vai sair do governo sob uma vaia nacional. Que, aliás, ele merece.

– Por favor, Cabral e Leopoldo. Vamos mudar de assunto. Política, não – pediu Raquel.

– Volte de vez, Cabral.

– Eu voltaria, João Alexandre. Se tivesse condições financeiras. Vivo das minhas esculturas. Agora consegui ter galerias que vendem meu trabalho em Paris, Lausanne e Bruxelas. Estou com exposições marcadas para os próximos cinco anos, se incluir Berlim e Viena, que ainda não estão com as datas fechadas.

– Esqueci que você acredita em mercado de arte.

– Questão de sobrevivência, Cabral. Se você enfrentar problema de dinheiro, tem amigos e parentes para apelar. E eu faço o quê?

– De quanto você precisa para sobreviver na França?

– No mínimo, vivendo modestamente como vivo, de uns dez mil francos, o que vem a ser uns mil e quinhentos dólares. Mas, com as exposições e algumas encomendas, ganho o dobro disso. Ano passado foi ótimo, me encomendaram uma escultura para a cidade de Cassis, consegui fazer boa reserva de dinheiro e a peça está lá, no meio da praça.

– *Magnifique* – Bernard acrescentou.

– É mais ou menos o que ganho aqui, em Vale Verde. Sem precisar de *marchand*. Odeio ter de conviver com esses profissionais mentirosos, que sempre reclamam, que vendem peças às escondidas, que pagam os artistas meses ou anos depois; não suporto fazer vernissage, nem agüento a megalomania dos colegas.

– Os franceses são mais corretos e têm comportamento menos festivo. Além do mais respeitam a privacidade. Não é como aqui que qualquer um invade a sua casa ou ateliê.

– O jantar está servido.

– Que é que temos hoje?

– Moqueca de peixe, com pirão e arroz. Homenagem ao Bernard. Queremos que ele prove uma autêntica comida brasileira.

O assunto mudou, o grupo se pôs a falar da infância e da adolescência. Lorena estava tão diferente, a gravidez e a felicidade com Duque fizeram dela outra pessoa. Quer dizer, voltou a ser a Lorena que todos conheceram antes. E riam das besteiras.

– Vocês não têm compromisso com a família, nem com a sociedade onde vivem. São uns *Desgarrados*. Querem afrontar tudo e todos. O que mais vão inventar? – a própria Lorena imitou o pai, às gargalhadas.

Pobre do pai. João Alexandre disse que se ele também chegasse em casa e dissesse que ia se casar com uma negra, ou mulata, a família a repudiaria na hora. Brasileiro finge que não é racista.

– A moqueca está deliciosa – Bernard elogiou.

– Cumprimente também o Duque e a Lorena, que ajudaram, trazendo coentro do sítio.

Bernard olhou para Duque de um jeito! Será que Cabral notou? Duque de Ébano estava acariciando a barriga de Lorena e nem se deu conta. Por diversas vezes Raquel notou que Bernard o olhava de soslaio, enquanto levantava o livro diante do rosto. Devia estar encantado com aquele corpanzil forte e musculoso – ela sorriu. Mas, na mesa, ele não conseguiu esconder a admiração. E Cabral? Este, sim, fechou a cara.

Apesar dos pesares, a noite ia acabando bem, não fosse o fato de João Alexandre ter bebido uísque demais. Na hora de partir ele simplesmente ignorou Leopoldo e em alto e bom som se declarou.

– Vou esperar você, Raquel, o resto da minha vida.

Ela e Leopoldo riram.

– Quando ficar viúva, ela vai cobrar a promessa. Mas não conte comigo, João Alexandre. Quero chegar aos oitenta anos, pelo menos.

* * *

Ao chegar em casa, João Alexandre deu com um pequeno pacote colocado no degrau da escada lateral. O que seria? Não se lembra de ter encomendado tinta, nem pincéis: leve demais. Deve ser propaganda – largou-o em cima da mesa.

Acordou de madrugada, depois de um pesadelo: viu-se, pelado, tiritando de frio, a procurar refúgio. De repente, ele se depara com uma construção abandonada, que era tida como mal-assombrada. Uma casinha que mais se parecia a um túmulo, onde se ouviam gemidos – diziam na cidade. Mas, ao contrário, ele se sentiu instantaneamente tranqüilo e quase aquecido.

João Alexandre se levantou e quando se preparava para tomar o café que acabara de fazer, lembrou-se do pacote: continha apenas uma folha de papel, solta. Nas letras recortadas de jornal e coladas sem o menor senso estético, ele leu: "Não compareça ao casamento. Vai acontecer uma desgraça. Uma amiga". Como ele não levava em consideração coisas anônimas, amassou a folha e jogou, de longe, no lixo. Imagine se ia dar atenção a uma bobagem daquelas.

9 No dia do casamento o tempo amanheceu nublado. A previsão era de chuva, no final da tarde, mas o Clube das Acácias estava preparado, com toldos, caso chovesse. O Bando de Ébano ensaiou uma surpresa para os noivos. Um *show* com músicas dos anos 50, começo dos 60. Raquel não abriu a loja e foi ao cabeleireiro pela manhã. Depois, sem que soubesse exatamente por que, resolveu ir até o Cemitério do Silêncio depositar umas flores no túmulo do pai. Um mausoléu tão grande para uma família que ficou tão reduzida. O velho, apesar dos pesares, gostaria de estar presente à festa e dar-lhe o braço, por isso não será subs-

tituído. Ela vai entrar sozinha, atravessar o salão e se colocar ao lado de Leopoldo.

Raquel estava menos nervosa do que pensara. Após o almoço tirou uma soneca e arrumou a mala para o fim de semana que passaria na praia. Às quatro horas vestiu o vestido perolado, um pouco justo demais na cintura, pintou-se levemente, ela jamais teria coragem de passar um batom vermelho, pôs o arranjo de flores do campo na cabeça e se sentiu bem.

Grossas nuvens escuras anunciavam chuva – ela fechou as janelas, desejando que não chegasse antes da cerimônia.

No Clube das Acácias, Leopoldo a esperava ao lado da mesa da Juíza: Raquel olhou de longe, antes de atravessar o salão, no momento que ouviu a *Bachiana*, na voz da Bidú Sayão. Teria visto, atrás de uma coluna, a ex-mulher do Duque de Ébano? Não, não podia ser. Ela não fora convidada.

João Alexandre estava ao lado de Lorena, tão bonita, com o cabelo vermelho preso em coque, de braço dado com Duque, ambos de preto. Cabral e Bernard usavam ternos cinza e gravata borboleta. Os dois pediram para ficar juntos, era o primeiro casamento a que compareciam e... Raquel concordou, na véspera.

incitando o Duque de Ébano a fazer a mesma coisa. Sábia providência, porque a irmã de Leopoldo caiu de cama com pneumonia, não veio e foi substituída por Bernard, que se emocionou com a experiência. Um afilhado no Brasil – os olhos se encheram de lágrimas e, de surpresa, pespegou um beijo no noivo que não teve tempo de reagir. Podia como?

Terminada a cerimônia, a Juíza os declarou marido e mulher. Os garçons entraram no salão servindo champanhe para os convidados.

– Aos noivos! – brindou João Alexandre.

As *flûtes* foram batidas pelos padrinhos, Raquel e Leopoldo cruzaram as suas. Em minutos, ou seriam segundos? todos caíram no chão. Os convidados demoraram para perceber o que acontecia, entretidos uns com os outros. De repente, a comoção. Os dois médicos presentes à festa nada mais podiam fazer.

– Mortos.

– Asfixia.

Alguém mandou que os corpos fossem guardados, para exame, enquanto se esperava que a Polícia tomasse as providências cabíveis.

A cena era dantesca com aqueles dez corpos no chão: Leopoldo e Raquel, João Alexandre, Lorena – nem a criança se salvaria?, o Duque de Ébano, Cabral e Bernard, a Juíza e seu ajudante, um menino ainda, e um senhor, que ninguém identificava. Quem era, como foi parar ali?

– É um farmacêutico do Vale das Flores. Ele se aproximou para cumprimentar os noivos. Deve ter bebido a mesma coisa.

– Foi veneno?

– Parece que sim. Cianeto, talvez – disse um dos médicos.

– Sempre pensei que fosse cianureto.

– Tanto faz.

Quem queria mal assim àquela gente? A festa se transformou em velório. Todos tinham família, mas Raquel e Leopoldo tinham de esperar a irmã dele para autorizar o sepultamento. Que, afinal se realizou, no Cemitério do Silêncio. Alguns habitantes dizem que ouvem Maria Callas cantar, às vezes, no mausoléu de João Alexandre, que foi enterrado com os seus quadros, seus pincéis, o ateliê remontado igualzinho, para quem quiser ver; Lorena e Cabral descansam nos jazigos de suas famílias; o consulado da França embarcou o corpo de Bernard, e o do Duque de Ébano está no Vale das Flores.

A mãe de Lorena mandou fazer uma placa, em homenagem à filha: "Os *Desgarrados* de Vale Verde merecem descansar em paz". O coveiro cimentou-a em um dos muros. De vez em quando põe sobre ela uma flor, lembrando, talvez, dos sapatos que Raquel lhe dera.

Seis ruas mudaram de nome para homenagear os mortos ilustres. Não no centro, que a população e o comércio não permitiriam: na periferia. As únicas que se cruzaram, que ironia, foram as ruas Lorena Brasil e Duque de Ébano. Cabral ganhou uma praça, onde está cimentada a escultura de metal que ele ofertara aos noivos. A loja de calçados é administrada pelo Orfanato Santo Antônio; na casa de Raquel instalou-se a Secretaria da Educação e Cultura, enquanto não aparece algum parente de Portugal para reclamar o imóvel. A Casa da Encosta continua lá, incrustada no ponto mais alto da cidade, no silêncio das nuvens. Dizem que vai ser o novo Gabinete do Prefeito Municipal.

A população ainda comenta o que aconteceu. Um dia, quem sabe, todos esqueçam as suas quase inverossímeis histórias. Porque Vale Verde continua o paraíso visual de sempre, com as suas belas colinas e o que se deseja é que as próximas gerações nele encontrem a felicidade prometida.

Obras de Edla van Steen

CONTOS

CIO, Von Schmidt Editor, 1965.

ANTES DO AMANHECER, Editora Moderna, 1977.

ATÉ SEMPRE, Global Editora, 1985.

A BAG OF STORIES, Antologia e tradução de David George. Latin American Literary Review Press, USA, 1991.

CHEIRO DE AMOR, Global Editora, 1996, *Prêmio Nestlé de Literatura.*

SCENT OF LOVE/Seleção e tradução de David George. Latin American Literary Review Press, USA, 2001.

NO SILÊNCIO DAS NUVENS, Global Editora, 2001.

ROMANCES

MEMÓRIAS DO MEDO, 1ª edição, Melhoramentos, 1974; 2ª edição, Editora Record, 1981.

CORAÇÕES MORDIDOS, 1ª edição, Global Editora, 1983, 2ª edição, Círculo do Livro, 1986.

VILLAGE OF THE GHOST BELLS, Tradução de *Corações Mordidos*, de David George, Texas University Press, USA, 1991.

MADRUGADA, Editora Rocco, 1992, *Prêmio Coelho Neto da Academia Brasileira de Letras, Prêmio Nacional do Pen Clube 1992.*

EARLY MOURNING, Tradução de *Madrugada* de David George/Latin American Literary Review Press, 1997.

ENTREVISTAS

VIVER & ESCREVER, L&PM Editores, 1981. Vol. 1.

VIVER & ESCREVER, L&PM Editores, 1982. Vol. 2.

INFANTO-JUVENIS

MANTO DE NUVEM, Cia. Editora Nacional, 1985.

POR ACASO, Global Editora, 1996.

O GATO BARBUDO, Global Editora, 2000.

O PRESENTE, Global Editora, 2001.

PEÇAS TEATRAIS

O ÚLTIMO ENCONTRO, Arte Aplicada, 1989, Editora Scipione, 1991, *Prêmio Molière 1989, melhor autor, Prêmio Mambembe 1989, melhor autor, Prêmio APCA 1989, revelação de autor.*

BOLO DE NOZES, Hamdan Editora, 1998.

À MÃO ARMADA, Editora Caliban, 1996, em parceria com David George.

MINA DE OURO, Inédita, 1989.

AMOR DE ESTRELA, Inédita, 1999.

LIVROS DE ARTE

MARCELO GRASSMANN – 70 anos, Edição de Arte Aplicada, 1995.

POETAS DA FORMA E DA COR, Edição de Arte Aplicada, 1997.

TRADUÇÕES E ADAPTAÇÕES

AULA DE CANTO, Antologia de contos de Katherine Mansfield/Global Editora, 1984.

O MÉDICO E O MONSTRO, Romance de R. L. Stevenson, Editora Scipione, 1987.

TRADUÇÕES E ADAPTAÇÕES PARA TEATRO

O ENCONTRO DE DESCARTES COM PASCAL, peça de Jean Claude Brisville, montada em São Paulo e no Rio de Janeiro, 1987, 1988, com Italo Rossi e Daniel Dantas/ montagem dirigida por Jean-Pierre Miquel.

O Doente Imaginário, peça de Molière, 1986, montagem de Moacyr Góes, com Italo Rossi no papel-título, 1996, Impressões do Brasil Editora, 1996.

Três Anas (Annie Wobler), peça de Arnold Wesker, 1987.

Max (Jacke wie Hose), peça de Manfred Karge, em colaboração com Sonya Grassmann, montagem de Walderez de Barros, 1990.

Solness, O Construtor, peça de Henrik Ibsen, montagem do Grupo TAPA, com Paulo Autran, 1988, 1989.

As Parceiras (Annabela et Zina), peça de Claude Rullier, 1990.

Senhorita Julia, peça de A. Strindberg, montagem dirigida por William Pereira, 1991, com Andrea Beltrão e José Mayer.

Strip-Teases, peça de Joan Brossa, com a colaboração de Sylvia Wachsner, 1993, montagem de Daniel Dantas, 2000.

Cala a Boca e Solte os Dentes (Lips Together Teeth Apart), peça de Terence McNally, em parceria com Sonia Nolasco, 1994.

Encontro no Supermercado, peça de Shula Meggido, 1993, montagem da atriz Tereza Raquel, 1995.

Da Manhã à Meia-Noite, peça de Georg Kaiser, em parceria com Sonya Grassmann, 1993.

A Última Carta, peça de Nicolas Martin, montagem dirigida por Gianni Ratto, 1994.

A Dama do Mar, peça de H. Ibsen, 1996, montagem dirigida por Ulysses Cruz.

Vida no Teatro, peça de David Mamet, 1996, montagem dirigida por Francisco Medeiros, com Umberto Magnani.

Três Irmãs, peça de A. Tchecov, 1998, montagem dirigida por Enrique Diaz, com Maria Padilha, Cláudia Abreu e Júlia Lemmertz.

CONTOS SEUS APARECEM EM ANTOLOGIAS PUBLICADAS NO EXTERIOR, DESTACANDO-SE:

Nowe Opowiadana Brazylijskie, Krakow, Polônia, 1982.

The Literay Review, Summer USA, 1984.

Brazilian Literature, Latin American Literary Review Press, USA, 1986.

Erkundungen, Verlag Volk und welt Berlin, Alemanha, 1988.

Sudden Fiction International, W. W. Norton & Company/New York, Londres, 1989.

Der Lauff der Sonne in den Gemässigten Zonen, Edition Dia, Alemanha, 1991.

One Hundred Years After Tomorrow, Indiana University Press, Bloomington, Indianapolis, USA, 1992.

SOMETHING TO DECLARE, Selections from International Literature, Oxford University Press, Toronto, Canadá, 1994.

DAS GROSSE BRASILIEN-LESEBUCH, Goldmann Verlag, Alemanha, 1994.

ANTOLOGIAS BRASILEIRAS

CHAME O LADRÃO, Contos policiais/Edições Populares, 1978.

O CONTO DA MULHER BRASILEIRA, Vertente Editorial, 1978.

O PAPEL DO AMOR, Papel Simão e Livraria Cultura, 1979.

EROTISMO NO CONTO BRASILEIRO, Civilização Brasileira, 1980.

21 DEDOS DE PROSA, ACES e Cambirela Editores, 1980.

PELO TELEFONE, Edição especial Telesp, 1981.

O PRAZER É TODO MEU, Editora Record, 1984.

A POSSE DA TERRA – ESCRITOR BRASILEIRO HOJE, Imprensa Nacional, Casa da Moeda, 1983.

CRIANÇA BRINCA, NÃO BRINCA? Rhodial, Livraria Cultura, 1985.

ESPELHO MÁGICO, Editora Guanabara, 1985.

HISTÓRIAS DE AMOR INFELIZ, Editorial Nórdica, 1985.

CONTOS PAULISTAS, Mercado Aberto, 1988.

MEMÓRIAS DE HOLLYWOOD, Livraria Nobel, 1988.

ESTE AMOR CATARINA, Editora da UFSC, 1996.

UMA SITUAÇÃO DELICADA E OUTRAS HISTÓRIAS, Lazuli e SESC, 1997.

BRASIL: RECEITAS DE CRIAR E COZINHAR, Bertrand Brasil, 1997.

ONZE EM CAMPO E UM BANCO DE PRIMEIRA, Relume Dumará, 1998.

OS CEM MELHORES CONTOS BRASILEIROS DO SÉCULO, Editora Objetiva, 2000.

Contos

IMPRESSÃO E ACABAMENTO:
YANGRAF FONE/FAX:
218.1788

343